简平 著

似是故人来

山东教育出版社

· 济南 ·

图书在版编目（CIP）数据

似是故人来 / 简平著. -- 济南：山东教育出版社，
2024. 10. -- ISBN 978-7-5701-3434-2

Ⅰ. I267

中国国家版本馆 CIP 数据核字第 2024RH1251 号

SI SHI GUREN LAI

似是故人来

简平 著

主管单位：山东出版传媒股份有限公司
出版发行：山东教育出版社
　　　　　地址：济南市市中区二环南路 2066 号 4 区 1 号　　邮编：250003
　　　　　电话：（0531）82092660　　网址：www.sjs.com.cn
印　　刷：山东星海彩印有限公司
版　　次：2024 年 10 月第 1 版
印　　次：2024 年 10 月第 1 次印刷
开　　本：787 毫米×1092 毫米　1/32
印　　张：6.75
字　　数：86 千
定　　价：39.80 元

（如印装质量有问题，请与印刷厂联系调换）印厂电话：0531-88881100

目录

"导师" 徐中玉

由于种种原因，我无缘踏入大学之门，这几乎让我生出绝望。尽管一个人不是非得要上大学，但我觉得作为现代人接受大学教育还是很重要的，这并不关乎学历，更不关乎名利。正当我沮丧之时，我得到一个消息，从1983年开始，全国实行高等教育自学考试制度。这一消息让我深受鼓舞。我可以排除那些"种种原因"，不受干扰地完全以自学的方式完成大学本科教育了。

我选择参加华东师范大学汉语言文学专业的自学考试，原因是该校的徐中玉教授出任了全国高等教育自学考试指导委员会中文专业委员会主任，整个中文专业的自学考试计划（包括"专业课程类别"和"考试课程与学分"）都由他亲自主持制订。我想，既然要参加中文专业的自考，那没有一所大学比由徐中玉压阵的华师大更为合适了。何况，徐中玉主编的《大学语文》此时正风靡全国，不要说在校大学生，即便像我这样的普通读者也受益匪浅。

那真是漫长的考试。第一次报考时，"初生牛犊"的我，一口气报了四门课程，结果全部通过。于是，我士气大振，但接下来的进度就无法如此"突飞猛进"了，因为越考越难了。自学考试真的就是自学，既没有老师讲课，也没有什么辅导班，像"宋词研究"、"《红楼梦》研究"和"鲁迅研究"等课程甚至连教科书都没有；而且每门课程的考试都异常严格，分为两轮，要是第一轮考试没通过，就没资格进入第二轮。考生们都说，这些考试犹如攀越蜀道。一切只能靠自己用心钻研，没有任何捷径，也不存在侥幸。开始自考的时候，我还是房管所的马路工和绿化工，劳动强度非常大，每天拖着疲惫的脚步回家，常常是倒头便睡，却又睡不踏实，因为我惦记着当天的自学计划还没完成。但是，不管怎么说，凭着一份信念和执着，我坚持了下来。十年之后，我终于把二十一门课程全部考完了。

1993年，刚刚过了春节，我就收到华师大自学考试办公室寄来的通知，让我前去参加有关论文撰写的会议。毕业论文至关重要，如果没有通过，那万里长征便功亏一篑。事实上，的确有考生就此止步。就是在那幢有些简陋的三层的红色砖墙的教学楼里，我第一次见到了徐中玉。这是出乎我意料的，因为对于普通自考生的论文写作，他完全有理由只做些高屋建瓴的事情，而不必做具体的指导工作。接下来发生的事情让我更是惊讶万分——在给考生分配论文指导教师时，我居然被归到了徐中玉的名下。我觉得自己太幸运了，即使能在大学里深造，也未必能遇到这样的名师大家。何况，徐中玉在大学里除了给本科生授课，直接指导的只有他自己所带的硕士和博士研究生。惊喜之后，我也有些担心，因为我是一个学院象牙塔外的草根自考生，如果完不成论文，那是会给徐中玉丢脸的。徐中玉看出了我的忐忑，他非常亲和地对我说，其实，在他看来，学者都是自学出来的，关键不在于是否进过高等学府的大门，只要自己勇于学习，探索真理，独立思考，就能成为一个真正的学者。徐中玉的话给了我极大的力量。

我告诉徐中玉，我想写的论文题目是"从小品看中国古典散文之大境界"。徐中玉是著名的文艺理论家，对中国古代文学研究做出了突出贡献，因此还担任着中国古代文学理论学会会长一职。对于我的论文题目，他表示了支持，说中国古典小品是丰富的文学宝藏，小品不小，蕴含着大的思想境界和艺术境界。他细细思索后，给了我十分关键而重要的建议，这使我充满了信心。在工作之余，我花了半年的时间写就了论文。提交之后，我很紧张地等待回音。有一天，自学考试办公室打来电话，告诉我，徐中玉决定亲自参加我的论文答辩。我非常感动，我想，许多人挂了一身的头衔，可其实并不会具体去做些什么，但徐中玉在担任全国高等教育自学考试指导委员会中文专业委员会主任的十五年里，不图虚名，事必躬亲，对我这样的普通考生都亲力亲为地进行指导，真正是一位有着博大情怀的名副其实的"导师"。或许有徐中玉坐镇吧，我有了强大的定力，一点都不紧张，非常顺利地通过了答辩，而且成绩为优秀。

全国高等教育自学考试指导委员会

高等教育自学考试
汉语言文学专业考试计划

华东师范大学出版社

徐中玉主持制订的《高等
教育自学考试汉语言文学
专业考试计划》

　　就在当年九月，我终于实现了自己的愿望，成了一名新闻工作者。我把工作调动的消息报告给了徐中玉，他听后很是高兴，说这再一次证明了自学成才不是一件虚无缥缈的事情。他还说，具有自学能力那才真叫作有能力，而一个人应当一辈子都保持自学的能力。他很动情地对我说："以后你需要我做什么，我一定会尽我能力。"

在担任报刊的文学编辑后，我向徐中玉约稿，他总是一口答应，三四天内就把手写的稿子交到我手上。

1995年11月，徐中玉应我之约，写了一篇随笔《坚持运动，随遇而安》，发表在当年第十二期的《康复》杂志上。在这篇随笔中，已过八十岁的徐中玉对自己的过往经历和现下的日常生活娓娓而谈，他那些独特的人生感受充满诚挚，也充满智慧。他在文中阐释的"随遇而安"深得我心，"碰到难题，总先预想可能发生何种最糟的情况，便估计真若遇到了该怎么办，一旦想出了，也就并不怎么忧心忡忡了"。他在文末殷殷祈愿："在比较健康的状况下，多看到一点我们未来的美好光景。"按照当时的规定，杂志社的编务应该给发表文章的每位作者寄赠一份样刊，我生怕出什么纰漏，所以亲手给徐中玉寄去了两份杂志，不过，用的是普通印刷品邮寄。

徐中玉致作者的信函

不料，1996年春节后的2月27日，我忽然收到徐中玉的来信，说他一直没有收到刊物，自己去买也没有买到，希望我能设法寄一本给他看看。不消说，我邮寄的杂志不知在哪个环节出了问题，没有送到徐中玉的手中。收到信后，我立即找到杂志社的同事，请他们帮我找一下，可惜的是，编辑部也已一本都不剩了。现在想来，徐中玉一定是很失望的。他是文学大家，留下多少千古文章，而且多为大报大刊所载，他之所以那么看重这份小小的杂志，与其说是留一份资料，不如说更多的是出于师生情谊，想留一份念想吧。我却辜负了他。

就是在编发徐中玉的这篇文章时，我跟他说，我想配一张他的近照。他说："我会帮你挑一张我自己中意的照片。"当拿到这张照片后，我真是开心不已，因为拍得实在太好了：他仰着头，眼睛看向左侧上方，目光深邃；他面带

徐中玉给作者的照片

　　微笑，显出他一向独特的温和与刚毅。可惜的
是，这张照片在印刷厂里遗失了。后来，我问
徐中玉是否还有备份，他说他也没有再找到。
徐中玉过逝后，无论网上还是纪念集里，我都
没看到这张照片。好在照片印在了杂志上，我
去上海图书馆复印了下来。如今，每每看着照

片里的他，我都会默默地在心里和他说上一会儿话。然后，我顺着他的目光看出去，发现那里是一片浩瀚的天空。

徐中玉手稿

"神交" 赵长天

　　我与作家、编辑家赵长天老师之间的友谊犹如"神交"。

　　1981年1月，我在《小说选刊》上拜读了赵长天描写工厂生活的短篇小说《震动试验》，无意间看到附于文末的"作者简介"，说他在上海有线电厂（以下简称"上有厂"）工作。我顿时觉得特别亲切，因为我父亲也是上有厂的职工，他于1956年春从第四机械班毕业后即进入这个厂工作。而他去世后，根据当时的政策，他的一名子女可以入厂工作，于是，我的小妹妹便从中

赵长天

学辍学去了厂里。上有厂位于江浦路和齐齐哈尔路交会口，是一家军工企业，后来归属于上海航天局，如今已时过境迁。

　　那时，我刚刚开始学习文学写作。我所在的单位是一家房管所，我在那里不断地轮换着做木工、泥工、马路工、绿化工的工作；小小的房管所自然比不得有三千职工的上有厂，不

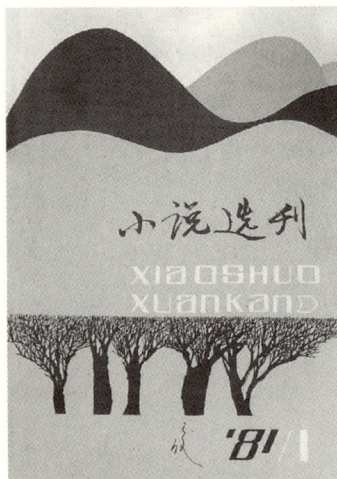

《小说选刊》
1981年第1期

会印制标有单位名称的稿纸。但当时家里有一
些上有厂的稿纸，我就拿来用。标有"上海有
线电厂"字样的稿纸有三百格绿色的字框，我
在上面写字时，有时会走神，会想到赵长天。
此时的赵长天在文学创作上正如日中天，我
想，我要向他学习，跟上他的脚步。当想到

　　我与他使用着同样的稿纸时，我便有一种莫名
的"神交"之感，想象着将空白的稿纸覆盖在
赵长天写满文字的稿纸上面，哪怕照着摹写一
遍，创作上也会有进步的。这是我的一个"小
秘密"。后来，我告诉赵长天时，他直直地看着
我，没有说话，不一会儿便宽厚地笑了。

　　上有厂属于保密单位，很久以来我都不敢

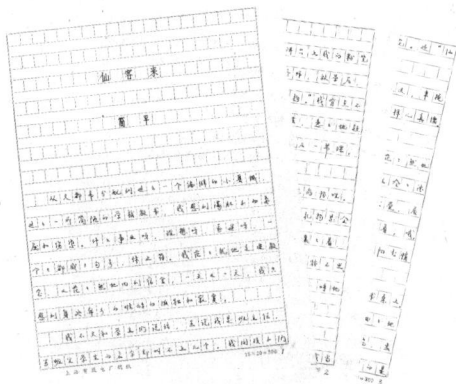

上有厂的稿纸

询问赵长天在厂里究竟是做什么的。直到他调任
中国作家协会上海分会副主席、书记处常务书记
后，我才知道，他是1976年从部队复员到上有
厂的，在厂长办公室等部门工作，还担任过车间
支部书记，这使他有机会深入了解该厂的历史和
最新的生产任务，了解厂里员工的所想所求。上
有厂的前身是创立于1917年的中美合资"中国

上有厂

电气股份有限公司",1954年改名为上海有线电厂,对外则称"七三六厂"。作为中国最早从事通信器材和通信设备制造的企业,上有厂担负着诸多高端科技产品的研究、设计与生产的任务。其三号厂房里有一个神秘的七车间,研发代号为"20号"的航天航空产品;厂属地空导弹制导站研究设计所(代号"八〇四所")成立后,那里拥有了亚洲一流的中心实验室。赵长天进厂后,立刻被工厂平凡却又充满生气的生活强烈吸引,乃至后来恢复的大学招生都没能动摇他的决定,他选择留在工厂,并在这里建立起自己的生活基地。正是上有厂的工作经历,使赵长天得以写出了一批包括《震动试验》在内的杰出的工业题材小说,在文坛上独树一帜。

赵长天就是这样一个既宽厚又执着的人,他为人低调,从不夸夸其谈。他爱文学爱得那么深沉,人品极佳,无论谁想从事文学写作,他都会

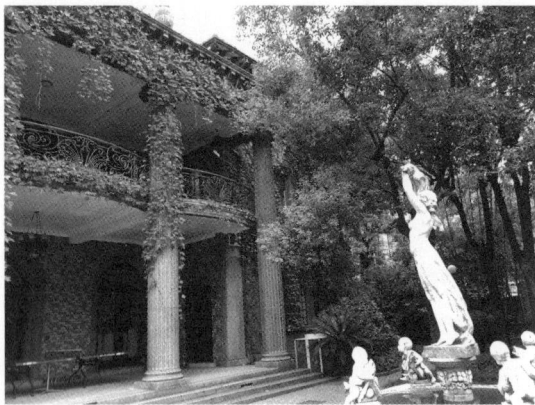

上海市作家协会

伸出援助之手。所以，凡与赵长天接触过的人，没有一个不说他是个好人的。而在我的心目中，好人的模板就是赵长天。他完全可以事不关己，高高挂起，只埋头于个人的创作。但他偏偏要像一棵大树，以阔大的绿荫庇护作家，使之在危难之际免于风波风浪的袭击；偏偏想着要去扶植更多的年轻人，让他们不断地加入文学新军的队伍

中来，使文学事业得以源远流长。的确，许许多
多的年轻人受惠于赵长天发起的"新概念作文大
赛"，不少人由此改变了自己的人生和命运。时
至今日，更年轻的一代仍然享受着"新概念作文
之父"赵长天这棵大树的护佑。

其实，赵长天不仅担任过《萌芽》杂志的
主编，还是上海市作家协会主办的另一份文学
杂志《略知一二》的主编。《略知一二》的读者

《萌芽》杂志社

对象为小学生和初中生，所以，赵长天这个好人的眼光是格外深远的，他希望通过这份杂志，从小培养孩子们对文学的兴趣和爱好，让文学陪伴孩子们的成长。赵长天为这本杂志付出了巨大的努力。为了给小读者更为贴切的帮助，赵长天邀请儿童文学作家来给孩子们上阅读和写作课。让

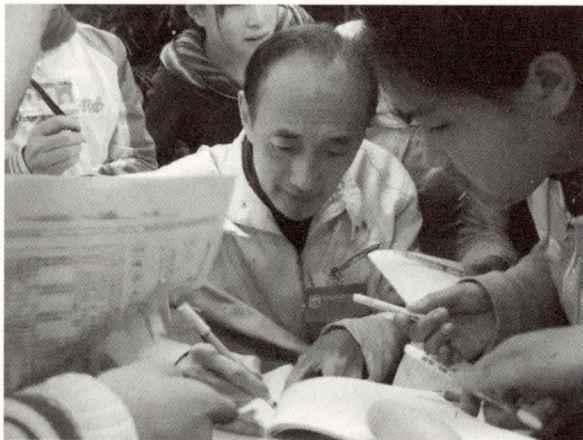

赵长天与孩子们在一起

我特别感动的是，每次开课，他必到现场，从头到尾与孩子们一起听课，然后，仔细向孩子们征询意见和建议。赵长天也邀请了我去授课，但那时我没有经验，尽管认真备了课，但自己都感觉讲得太过死板、枯燥乏味。当看见一个来听课的孩子在我眼皮底下昏昏欲睡时，我非常不安和惭愧，真想钻到地底下去。课后，我跟赵长天说："我没有摸到门路，所以讲得不好。"他听后，开始没有说话，只是对我宽厚地笑了一下，然后才轻声地说："我们一起再摸索摸索。"我想，赵长天这个好人就是以这样善意的方式来安慰和鼓励人的，他甚至不忍心直接批评你。

这次"滑铁卢"让我教训深刻，也让我明白了赵长天的良苦用心。为了这份少儿杂志，他一直在默默地探索，他认为编辑和授课者必须了解和掌握少儿的接受心理，必须使用少儿喜闻乐见的语言和形式。这对我启发很大。我开始思考如何把课讲得生动有趣、精彩纷呈，让小听众自始至终兴致盎然，从而有所受益。2020年，在疫情期间，我应邀上了一堂网课，给孩子们讲怎么写出真正属于自己的作文。在空无一人的大厅里，我面对摄像机独自讲课，有一瞬间，忽然感到有些茫然。就在这时，我想到了赵长天，感觉他仿佛正在摄像机的那头注视着我，提醒着我。于是，我的面前呼啦啦地"涌出"了许多许多的孩子，他们坐满了大厅，在沉浸式的听讲中，一个个忽而笑得东倒西歪，忽而紧张得瞪大眼睛，忽而又托腮沉思。我想告诉赵长天，那天，在线听课的孩子多达五千多人，近两个小时里无人离开。

"茶客" 流沙河

　　四川人大都喜欢喝茶，而且还喜欢聚在一起喝茶。有两年我在成都拍摄电视剧，结果那段时间是我一生中泡茶馆最多的日子。有一回，我跟作家、诗人流沙河先生说，听说您不仅每个周日上午在家里搞茶聚，还一周一次地外出泡茶馆。他笑着说："我就是一个'茶客'。如果你要选一个，那我建议还是去外头的那家茶馆喝喝茶，聊聊天。"

　　于是，我几次三番地跟着茶客流沙河去了一家茶馆，也成了那里的一个茶客。

流沙河在茶馆

　　原来，每个星期二的上午，流沙河都要去
位于均隆街上的一家茶馆喝茶。这家茶馆靠近东
门大桥的府南河边。他的这一习惯已经坚持好
多年了，即使刮风下雨，即使烈日当头，都不会
改变。用流沙河自己的话说，去茶馆和朋友一起

喝茶聊天是他的一种生活方式。在这之前，他住在文联大院的时候，每周去的是大慈寺茶馆。那天上午十点，我第一次随流沙河到了府南河边的茶馆，看得目瞪口呆，从来没有见过如此浩大的阵势。茶馆是有室内茶座的，但茶客们却一个个坐在室外。那是一块凹下去的但很开阔的平地，种了一些树木，树下摆放了二三十张简易的旧桌子，而竹椅子则更多了，全都坐满了人，热闹非凡，一派壮观的景象。

流沙河也几乎从来不去室内，他总坐在平地南侧那排由一张张小桌拼成的长桌边，与所有的茶客一样，就着最普通的玻璃杯子，喝着最普通的茶水。围坐在他边上的，基本都是上了一些年纪的人。有人告诉我，这些人大都出身于从前成都的大户人家，怪不得我听他们摆起龙门阵来，个个都满腹经纶。

流沙河坐在那里，听得多，说得少，间或

点评一两句，总是赢得众人击节共鸣。流沙河跟我说，蜀人不说"喝茶"而说"吃茶"，家里再穷也得吃茶，不然就不是蜀人了。流沙河还说，"四书五经"里是没有"茶"字的，只有"荼"字，荼是中原大地常见的苦菜。后来，才由"荼"字而减一笔造出个"茶"字来。我想，难怪流沙河称自己是"茶客"，他还真是有内在功底的。现在，我也知道流沙河为什么让我来这里了，他是希望我能从中感受四川的风土人情以及川蜀的过去和现在，以便使我们的电视剧的内容更加真实和贴近生活。

过了八十岁，流沙河的身材看上去没有年轻时那么颀长了，背部有些佝偻，但他精神矍铄，两只不大的眼睛时时透露出生动而睿智的目光来，甚至有些调皮，还有些"狡黠"。我和他一边喝茶，一边聊天，感谢他为我担任总制片人的电视剧《大波》题写片名。《大波》取

流沙河为电视剧《大波》
题写的片名

材于文学大师李劼人先生的长篇小说《暴风雨
前》和《大波》。这两部小说与《死水微澜》
一起构成了"大河三部曲"，囊括了以成都为
中心的四川自甲午战争到辛亥革命年间的人际
悲欢、思潮演进和政治风云。始如微澜荡漾，
终至大波澎湃。当我向流沙河提出题写片名的
要求时，他说："这是我应该做的，我当仁不

让。"他还拒绝了我们给他的润笔，说是坚决不可要的，"李先生是文学大师，我能为他做点事情，已经感到很荣幸了。"

流沙河是个心胸开阔的人，也是心怀善意的人。我在《李劼人全集》第八卷中，读到李先生在1957年写的多篇批判流沙河的名作《草木篇》的文章，他从一开始认为"有错但又觉得无须小题大做"，到"我已走到泥坑的边缘上了"，再到"我坚决要爬出泥坑！转变我的立场！"，那调子明显一篇比一篇高，但其中的无奈和苦涩想必流沙河是心知肚明的，因而也就早已释怀了。我总以为，心境开阔的人的精神也是高尚的，而精神高尚的人因为放下了杂七杂八的事，所以身心也就格外轻灵起来。那日，当我跟流沙河说拍张合影时，他一跃而起，完全像个年轻人，一个箭步跨上凹地高高的台阶，我都没能赶得上他的步伐。

有一次，我和流沙河在茶馆喝茶。那天，我想请他为刚刚成立的《大波》剧组的主创人员讲讲李劼人及其经典文学作品，但他没有答应。其实，我见了他之后，已经打消了原先的念头，原因是流沙河受了风寒，喉咙嘶哑，以至快发不出声音了。他俯在我的耳边轻轻地、一再地说："真的很抱歉，请你谅解！"我说："今天你不舒服，就不应该再来这里了。"可他对我摆了摆手，接着又用手指了指胸口。我明白了，他的意思是，来这里，他心里很高兴，也很快乐。他微笑着看着我，那笑意荡漾在他刻满了岁月印痕的脸上，那么坦诚，那么明亮。我曾读过他写的一篇文章，说在他看来，茶含有微毒，古人云"毒药苦口利于病"，是后人将"毒药"改作"良药"的，而味苦的茶可发汗，所以能治感冒。果真，即使受了风寒，流沙河也要乐颠颠地去茶馆喝茶。

　　一个星期二的上午，成都弥漫着轻烟似的薄雾。我再次和流沙河相约到均隆街上的那家茶馆喝茶聊天。那天，我来早了，便站在府南河边，望着缓缓流淌的河水。我心想，流沙河为什么喜欢这个河边的茶馆呢，是不是因为这河水里承载过他的理想、他的浪漫、他的激情，同时也承载过他的失望、他的痛苦、他的坎坷？我不由得默念起他的《草木篇》中"白杨"一节的句子来："她，一柄绿光闪闪的长剑，孤零零地立在平原，高指蓝天。也许，一场暴风会把她连根拔去。但，纵然死了吧，她的腰也不肯向谁弯一弯！"流沙河不就是这样的一棵白杨吗？任凭风吹雨打，他都像白杨那般昂首挺立。

　　那日，嗓子已经好了的流沙河兴致盎然，我们聊了不少话题，茶馆老板来换了好几个热水瓶。说起已经开拍的电视剧《大波》，流沙河说："你们要根据电视剧自身的艺术规律，大胆地进行艺术再创作，不要受原著太多的限制，因为我深知李先生的原著改编成电视剧是有许多困难的。"一位作家、诗人，对另一种艺术形式如此豁达和宽容，这让我深受鼓舞。

流沙河还说到了自己的家乡四川金堂县，他对小时候在端午节看划龙船记忆犹新。他微微眯起眼睛，摸了摸头上戴着的土黄色呢帽，问道：

流沙河（左）、陈梁（中）与作者在茶馆

"知道看划龙船其实是看什么吗？"

我摇了摇头。

流沙河像孩子般嘿嘿笑了，他说："看划龙船就是看抢鸭子。"原来，上游的河中心停着一艘龙船，船上有许多竹笼，里面关满了鸭子，一只只都在嘎嘎乱叫；下游水面上则铺排着数十艘渔艇，每艘两人，一人撑篙，一人空手，空着手的就是抢鸭子的。比赛时间一到，龙船燃放花炮，船上的人开始把鸭子投入河里，受了惊吓的鸭子在水中奋力游逃。此时，下游的渔艇像乱箭似的射来，上面空着手的人一个个跳进河里，扑抢鸭子，抢到之后再游回自家的渔艇。流沙河讲得绘声绘色。后来，我干脆将他说的"抢鸭子"拍成一场戏，放进了电视剧中。

薄雾依旧，不知不觉间，已是中午时分。流沙河要回家了，我坚持要用车送他回去，他推辞不过便同意了。他站起身来，跨过台阶，走向河边，然后坐上了车子。在车上，他谈兴仍浓，与我说起空气污染的事来。他说："一个国家的现代化是不能以牺牲大自然和人的健康为代价的，如果执迷不悟，我行我素，那么也就没有什么未来了。"

下了高架桥后，车一直开到了新希望路上，流沙河就住在那里。到了小区门口，他下车向我挥了挥手，说下次再约我喝茶聊天。

我记住了这一天，是2013年11月19日——那是流沙河为我题签他的《白鱼解字》一书时写下的日期。流沙河喜欢用软笔题字，说是有书法的感觉，写起来流畅。他给我的签名只写了一个"河"字，笔触迂回，如同曲折而奔涌的河流一般。

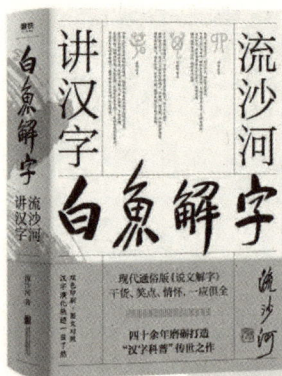

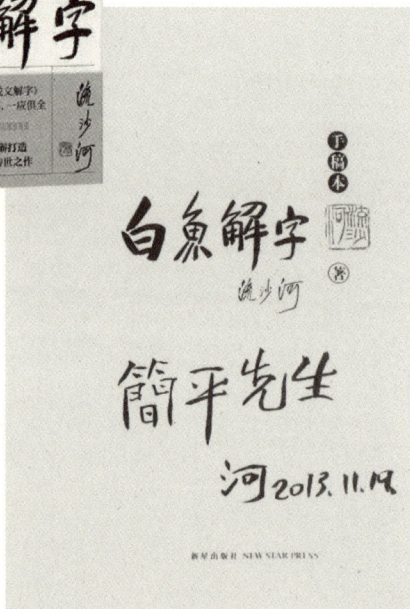

流沙河写给作者的题签

"班主任" 程乃珊

　　我有一个特别的"班主任"，她就是程乃珊老师。

　　这是四十多年前的事了。那时，我一边在房管所做着木工，一边学习文学创作。有一天，比我高两届的杨房技工学校的学长伍俊敏跟我说："我给你介绍一个人吧。"我问是谁。他说了一个名字——程乃珊。我当即瞪大了眼睛，问他是怎么认识程乃珊的，因为那时程乃珊连续发表了多部小说，声名鹊起。伍俊敏说："她是我中学时的班主任。"

程乃珊

　　原来，程乃珊是杨浦区惠民中学的英语老师，她曾担任过1973届5班的班主任，而伍俊敏正是她的"班上的同学"。伍俊敏对我说，中学毕业后，他和班里的同学一直与程乃珊保持着联系，"她是一位很热心的老师，你可以向她讨教

讨教"。伍俊敏随即将我的一篇小说习作交给了
程乃珊，但我觉得她在教课之余埋头写作，应该
没有时间理会我。没想到，程乃珊很快就写了一
封长长的信，让伍俊敏带给我。她非常细致地看
了我的习作，并提出了修改建议。她在信上说：
"如果你有什么不明白，可来我家一趟，我直接
跟你说。"于是，我跟着伍俊敏去了她当时位于

惠民中学1973届5班师生聚会

伍俊敏 同志：

你好。寄来的大作拜读了，谢谢你们。

你同志写的"雪、和冬梅"，我觉得有一定的文字基础，富有人情味，立意很美，语言也很有小意味。

就其中几点不足谈谈我的看法。

①最初的雪珊和雪……之间，无矛盾深化之时，加一点细节，说明冬梅一家和雪……家，或者雪……家，有什么密切关系，以便说明为何雪……色，那样疼冬梅，轻于这万般怜惜地疼爱，以固执地把来雪……知……，还有冬梅与雪……究竟什么关系，会以这有代表性。

②雪……对冬梅这一段偏见，是……再写得更深，美……一种的，好好不通世事，来到此露，而不是成年人那种好奇剥眼，影到，有损于雪……这个好孩子形象。

③……这其中最主要之是冬梅和雪……两家……是差差不……等等，而其种差差是普实会闹以十分……差这里成，然着改变雪……思想这种困。

按……雪……的感情想，也……得清楚的，此事你作……一次的哦，你不如把这稿向杂志社推荐到《少年时代》……以便着不妨试试。你们的哦……学他寄给本社，以上……一般有在。来稿打个电话给我51316……，以免份份里跑。

（以上只个人看法，不一定正确。请你们同志多多想在下别人之意见，修改不修改由他吧。）

　　　　　　　　　　　　　　　　　　　程乃珊 2/2.

程乃珊致伍俊敏的信函

愚园路上一条弄堂底的居所。那天，我们一点都没有隔阂地聊着，她完全把我当成是"班上的同学"，而我也就认了这位"班主任"。

程乃珊把对我的帮助全然看作尽一位班主任的责任。有一次，我在她家里时，正好遇到一家文学杂志的编辑来向她约稿，她毫不避嫌地跟编辑说："他是我的学生，也在写稿子，你们也要跟他约约稿呀！"后来，她直接写了推荐信，并连同我的稿子一起寄给了《文学少年》的编辑佟乃林先生，使我得以发表了第一篇儿童文学作品。我的习作发表后，她高兴地在电话里跟我说了大半天的话，当她说到"这真的比我自己发表文章还要开心"时，我感动得热泪盈眶。

对先前的"班上的同学"，程乃珊同样倾注着她的关爱。一位学生患了重病后，心情抑郁，其他同学想带他去昆山走走，散散心，程乃珊得知后，立刻要求一同前往，她还专门联系了昆山一座名寺的方丈，带着大家去祈求平安。

程乃珊的文学创作如日中天，可在很长时间里她仍在惠民中学做着老师。有一天，我去那里看望这位"班主任"。我至今仍清晰地记得学校门前的小路逼仄而潮湿，校门口放了一排开了盖的木制马桶，那是对面弄堂里的住家洗涮完后拎出来晾晒的。1965年，程乃珊从上海教育学院毕业后即分配来此教书，她每天从"上只角"的静安寺坐公交车，经过一个多小时的两次换乘，来到地处"下只角"的学校，仿佛穿越了两个全然不同的"部落"。

程乃珊出身于名门望族，她的祖父程慕灏是中国近代著名金融家，二十九岁便成为中国银行上海分行副经理，并担任过中国保险公司监察人等职。当年，茅盾先生创作长篇小说《子夜》的时候，程慕灏曾安排他去中国银行体验生活。程慕灏的哥哥程慕颐也很了得，他是我国生物制品制造事业的开创者之一。他被公派留学日本，学成归国后，在浙江医学高等专科学校任生物学教授，还在上海创办了程慕颐化验所，首创用中文填写化验报告。鲁迅先生曾在文章中提到过他生病时的各种化验都是在程慕颐化验所做的。

程乃珊的父母都是二十世纪四十年代的大学生，有着很高的文学、音乐和外语造诣。她父亲程学樵从中法大学生物化学系毕业后，在德资拜耳药厂任工程师；母亲潘佐君从上海著名的贵族女校中西女中毕业后，又考入圣约翰大学教育系。有这样的父母，可以想见程乃珊从小接受的是"淑女教育"，家风严谨，家里充满了书卷气。

到被包围在一片棚户区里的惠民中学任教后，过惯精致生活的程乃珊并无怨言，尽管学校周边的物质生活和精神生活都很贫乏，但学生们的朴实、勤奋、知恩图报，给她留下了深刻的印象。其实，这里的学生和家长一眼就看出了程乃珊的"与众不同"，但程乃珊却自然地与他们打成一片。学校组织学生去南汇农村"学农"时，作为班主任的程乃珊身先士卒，挑粪，割稻，什么农活都干。她还特意与做"炊事员"的女学生王英睡在一张草垫子上，因为只有她戴着手表，她生怕耽误学生吃早餐，所以每天早上六点会准时叫醒王英，然后与王英一起烧柴起灶。

我和程乃珊在惠民中学四楼的图书室里海阔天空地聊起来，她向我讲述了她做班主任时的种种"轶事"。由于她比班里的学生大不了几岁，有些调皮的学生便会生出一些尴尬事来，可她展现了一个班主任的大度和宽容——毕业后，有位女同学专程去找她，就自己以前给她乱起绰号的行为向她道歉。

程乃珊很看重她的教职经历，这使她不仅深刻认知了上海底层百姓的生活状态，也重新定义了市井生活的宽广界域。程乃珊之所以受到各个阶层读者的喜爱，是因为她把"老克勒"和"小市民"这两类上海最为典型的人物形象都刻画得鞭辟入里。她描写"下只角"平民生活的名作《穷街》发表后引起极大反响，小说真切、细腻、传神地反映了身处"穷街"的人们的喜怒哀乐。我想，这正是那段长达近二十年的教师生涯对她的馈赠。

后来，我习惯了有什么事都先跟"班主任"汇报。因此，2011年12月底，我罹患胃癌要去华山医院动手术时，也照例告知了"班主任"。不料，在电话里，程乃珊声音嘶哑地说，她也住在华山医院，天天发高烧，正在检查中。第二天，我刚到病房住下，就立刻联系她，是她先生严尔纯接的电话。他说："为避免交叉感染，你就暂时不要来看她了。"可我一直牵挂着程乃珊，动完手术后的第三天，我竟得

左起程乃珊夫妇、伍俊敏、作者

到了她被确诊白血病的消息，我没为自己却为
她泪水直流。伍俊敏跟我说，"班上的同学"已
齐聚起来，分工明确，男同学负责外勤保障，
女同学负责轮流陪夜。

从此，程乃珊每次住院，她的夜间陪护工作
都是由女同学们承担的。她们的精心护理让病房
里其他的病人甚是羡慕，他们都说做老师的真有

福气。但是，程乃珊自己却觉得过意不去。当得知刘建惠患有高血压后，程乃珊让她以后千万不要再来陪夜了，并为此不安。有一次，她对陪夜的龚惠敏说："我现在连大小便都要麻烦你们，老师的尊严都顾不上了，这如何是好？"龚惠敏说："我们不仅是师生，也是姐妹。你不要多虑。"程乃珊听后才稍觉宽心。

我出院后，前去富民路上的程乃珊家中探视，可她却急切地询问我的情况。我说："我正在吃中药调理，为我治疗的那位中医还是你的读者呢。"她一听，立刻说："那我要送他一本新书，让他好好给你治病。"说着，她就拿来了她的一部新作《上海素描》，认真地题签、钤印。那天，我们一如既往地聊文学创作。程乃珊告诉我，她已经开始恢复写作了，在《上海文学》新开设了专栏"天鹅阁"，在《解放日报》文艺副刊《朝花》新开设了专栏"什锦糖"，并且正

着手创作一部新的长篇，连小说名都想好了，叫
《好人家》。她的声音依旧那么响亮和畅快，她
甚至让她敦厚的先生放低声音，以便我们交谈。

离开她家后，我一个人走在相邻的那条寂静
的巨鹿路上，想到程乃珊在用自己的生命坚守文
学，用始终不渝的真诚和热情坚守创作，用一份
强烈的使命感和责任感描述百年上海，禁不住再
一次默默地流下了眼泪。

没有想到，这次见面竟是我们的永诀。程
乃珊在勇敢而顽强地抗争了十六个月之后，终于
不敌病魔而辞世，令她的读者扼腕叹息，也让我
痛心不已。在这一年多的时间里，她以惊人的意
志、毅力和勇气完成了十八万字的创作，用一支
笔一直写到了生命的最后时刻。

程乃珊去世后，每逢清明，她的"班上的同
学"都会去福寿园拜祭她，而每年的教师节，也
会与她的先生严尔纯聚会，将一份师生情延续至

今。在程乃珊逝世一周年之际，我策划出版了她
的三卷本典藏纪念版文集《上海故事》，以此表
达我对这位特别的"班主任"的敬意和怀念。

程乃珊典藏纪念版文集

"怪老头儿" 孙幼军

　　孙幼军先生被誉为"一代童话大师"，这是实至名归的。他创作的童话《小布头奇遇记》《没有风的扇子》《小狗的小房子》等都是中国儿童文学的经典，滋养了一代又一代的读者。其实，孙幼军并不是专业作家，他的本职工作是外交学院的教师。所以，我第一次叩响他在大学寓所的门铃时也有一点疑惑。

　　我自己都不知道读过多少孙幼军的作品了，我熟识他笔下的怪老头儿、小猪唏哩呼噜、橡皮小鸭、流浪儿贝贝、铁头飞侠……可我之前却一

孙幼军

直没有机会拜见这位我国最早获得国际安徒生文学奖提名的童话大家。机缘巧合，我所供职的上海广播电视台雄心勃勃地欲在动画片领域大展身手，主管领导遂让我开列一张可以改编为动画片的儿童文学作品清单。我脑子里当即闪过了孙幼军以及他的童话《小布头奇遇记》。领导认可了我的建议，并提议让我去跟孙幼军商谈购买影视改编版权事宜。于是，2008年11月，我终于见到了孙幼军。当我说他被公认为"童话大师"时，他连连摆手，大声地笑道："我才不是什么'大师'，我只是一个写过《怪老头儿》的怪老头儿！"

孙幼军告诉我，他打小就很淘气，天性好玩，对什么都好奇，什么新鲜事都想尝试。即使是抗战时期，才六岁的他跟随家人流浪关内，每每听见外面飞机呼啸而过的声音，他都会飞快地跑出去看个究竟。孙幼军会唱京剧，二胡也拉得很专业，高中时还曾获得过吉林省花样滑冰亚军。他在北京大学念的中文系，毕业后被分配到外交学院，翻译过不少外国儿童文学作品，他说儿童文学才叫好玩。结婚后，他顽性不改，夫人给他织的黑毛衣，袖子长了一截，他便用袖子包住拳头，四脚着地，扮成黑猩猩的模样。夫人说他就跟一个小小孩似的。年过半百后，他照旧顽皮，驾着摩托车在路上疾驶，长发飘飘，犹如"飞车党"。有一次，他跟儿童文学作家、电影艺术家张之路先生"飙车"，人家开的是汽车，他开的是柴油摩托，但他紧追不舍，几欲超车，逼得张之路不得不停车求饶，说他是"孙悟空再世"。

我和孙幼军坐在他家客厅的一张长沙发上聊天，我们都侧过身子，以便可以面对面地交谈。孙幼军是黑龙江人，长得高高大大，他的脸略显方形，虽然时年已过七十五岁，但仍有一股英俊潇洒之气，除了耳朵有些背，完全没有老态。我跟他说了想购买《小布头奇遇记》影视改编版权的想法。这部长篇童话自1961年出版以来，经久不衰，影响了几代读者，曾荣获第二次全国少年儿童文艺创作评奖一等奖。《小布头奇遇记》讲述了一个生动有趣而又有意义的故事：一个名叫"小布头"的布娃娃因为胆小遭到伙伴们的嘲

《小布头奇遇记》

笑，又因为怯懦而失去了自己的主人。为了寻找
主人，小布头勇敢出发，经历了一场又疯狂又有
趣又感人的历险。最后，他不仅交到了最好的朋
友，获得了友情，变成了一个勇敢的孩子，而
且回到了主人身边，得到了久违的幸福。当我在
"清单"上写下《小布头奇遇记》时，一帧帧画
面已在我的眼前清晰呈现。不料，孙幼军却一口
回绝了我，理由是他自认为这部童话在艺术上存

在一些不足，可能在改编时会遇到困难。他非常真诚地跟我说："光是去年，就有三家影视机构来找我购买《小布头奇遇记》的改编版权，但我都拒绝了，因为我不能只考虑自己的利益，而不为别人着想。如果别人买去后难以改编，白白费了大力，我会心有不安。你是不是觉得我的确是个怪老头儿啊？"我摇了摇头，心里油然升起许多的敬意。

回到上海后，我与孙幼军始终保持着联系。他跟我约定，由于耳聋，不便使用电话，改以电子邮件的方式。孙幼军这个"怪老头儿""怪事"迭出，七十岁时学开车、学电脑。他拿到驾照后，夫人担心他出意外，只允许他在学院大院里兜兜圈子。孙幼军技痒难耐，虽然陷过小树坑，撞过水泥墩，最后还是一溜烟地开上了大马路。我没想到，孙幼军对电脑运用得如此娴熟，在一段时间里，我与他几乎天天都会写信，聊儿

童文学，聊各自的创作，也聊世事人生。当然，
我还继续跟他"泡蘑菇"，不想轻易放弃自己的
愿望。慢慢地，事情开始向我希望的方向发展起
来。作为儿童文学作家与影视制片人，我向孙幼
军提出了一些解决改编上可能产生问题的建议。
他觉得我的"专业意见"是别人从未说过的，而

孙幼军与作者

且与他的艺术观和价值观相一致。2009年5月，我们彼此间的信任最终促成了《小布头奇遇记》影视改编版权合同的签订。我真的很高兴，成全了一桩美事，实现了自己的一个心愿。

可不久，孙幼军写信告诉我，说他最近一直在生病，因为胃大出血到了北大人民医院急诊室，接着住院。医生怀疑他胃里长了什么东西，给他做了胃镜。胃镜的"活检"检查结果要一周后才能得知，那一个星期，他真是度日如年。幸好结果是严重发炎引起的，并没有查出什么癌细胞。出院之后又出了新问题，他一坐下就站不起来，要双手撑着椅子的扶手或桌子极缓慢地起来，疼出一身冷汗，要想迈出步去依然要挣扎一番。这次连医院都没法儿去了，也弄不清是否脊椎有问题。再接下来是牙齿的问题。他无法进食，要连续拔掉七颗牙，然后是洗牙、补牙，最后是镶牙。他说："人老了如同一部陈旧的机器，这里修了，那里又出毛病。"虽然有些沉重，可孙幼军这个"怪老头儿"到了这时候还不忘开玩笑，说，"我可是个'铁胃'，钢铁里哪长得出那种东西来。"

我总放心不下。2014年3月，趁着出差，我又去看望了孙幼军。在经历两次脑血栓和反复胃出血后，他明显消瘦了，人仿佛垮塌了下来，虽然戴着助听器，但听力更弱了。他跟我说："人家都不认识我了，因为我太瘦了。而且，我的记忆力也不行了，很多事情都记不得了。最不可思议的是，有时连电脑也不会操作了。"他说这话的时候，显得很沮丧。可不多一会儿，他的精神就渐渐高扬起来，他告诉我，在过去的一年里，他写了六七部童话，每部都有四万来字。我听后很是感动，他年老有恙，却如此勤奋地写作。

忽然，孙幼军想起什么来，他站起身，走出了屋子。原来，他是到另一个房间拿他的新书

去了。他热情地为我题签。当我把书捧在手上的
时候，我感到他留在书上的温度。这时，他"央
求"道，我们可否拍张合影，我说当然可以啊。
他立刻让他夫人拿来了相机。原来他顽性又起，
他说尽管有时不会使用电脑了，可他这次一定
要试着把照片通过电子邮件发给我，"我不相信
我就这么完了"。第二天，我就收到了他发来的
邮件，说他发了照片，问我有没有收到。我真的
没有收到。我回复他说："您可能忘了粘贴附件
了。"当天，他执拗地再次发来邮件："我明明发
了照片的，不知道为什么你收不到。难道是因为
照片上的我的模样怪得吓人，目光迟滞，一副老
年痴呆的样子？我不甘心，再试一次。"他是那
么执着地想证明自己。我不忍心，于是，回复他
说："这次，照片发成功了，您真的太棒了！"
当我敲击键盘，将这封邮件发出去的那一瞬，我
的眼睛潮湿了。我真想对他说，您一直管自己叫

"怪老头儿"，可您知道不，您是一个多么可爱可亲可敬的一点都不怪的"怪老头儿"啊！

我一直没有收到过那张照片，但我的邮箱里一直保存着孙幼军写给我的所有邮件。最后一封邮件是孙幼军于2014年12月6日发给我的。而八个月后，他就离世了。

很长时间里，我都无法接受孙幼军已经去世的现实。有一次，我在梦里见到他，与过去和他在长沙发上聊天的情景一模一样。那天，他告诉我，《小布头奇遇记》是他一次生病住院时突发的灵感——家人为了逗他开心，在他的病床上放了一个布偶，他顽童般地用手指戳了戳布偶的脸颊，幻想它活了，而后出去冒险了："有那么一个小布头⋯⋯小布头？小布头是什么呢？小布头，嗯——他是一个很小很小的布娃娃。"

"上包人" 许淇

"上包人"，上海—包头人也，说的是站在中国散文诗创作高峰的许淇先生。许淇是上海人，1956年离开上海去内蒙古包头支援边疆建设，从此在那里扎下根来。但他始终眷恋故乡，一口上海话说得地道正宗，乡音不改。他跟我说："我既是上海人，也是包头人，两边都不能放下的。"所以，我就称他"上包人"。他欣然接受，每次听了都哈哈大笑。

许淇去包头时，才十九岁，他是带着一个文艺青年的全部理想和赤诚挥别上海这座繁华都

许淇

市，来到塞北阴山脚下的。他的行李不多，可
所有的绘画用具他都带上了。那时，许淇做着画
家梦，他在苏州美术专科学校就读时，投到刘海
粟、林风眠、关良门下学画，有着扎实的西洋画
和中国画功底，他想在包头一展身手。许淇被分
配到了石拐沟煤矿筹备处，那里一片荒芜，住的

是泥屋，睡的是土炕，工作也相当劳累，天天都在野外作业，根本没有想象中的绘画条件。面对着巍峨的大青山和朴素的当地百姓，许淇的心头有许多的情怀想释放，于是，他开始在笔记本上写点东西。就这样，他将自己的创作由绘画转向了文学。又由于缺乏写作时间，他无法铺展文字，必须找到一个合适的既抒情又精练的文体。

"我很幸运，能与散文诗相遇，我觉得，一个作家和一种文体有着神秘莫测的天然关系。"这是他后来多次跟我说的话。在《人民文学》1958年2月号上，他发表了处女作——散文诗《大青山赞》，之后便一发不可收拾了。

我和许淇很早就通过电话，有一年，我们一起获得了一个文学奖，于是盼着开颁奖会，这样就可以相见了，我们还在电话里说好一起逛逛他在上海生活时的那些地方。结果，那个颁奖会没有举行。我一直到2013年去包头参加由

《鹿鸣》文学杂志举办的笔会，才第一次与他见面。用今天的话说，就是从线上到了线下。当然，即便是初次见面，我们之间也没有丝毫的陌生感。从那之后，我们之间的联系就越来越紧密了。而且，我们约定跟过去一样只打电话，他说这样他就有机会讲讲"上海闲话"了。一次，我在电话里问许淇："你去包头都近六十年了，在最艰难的时候是否想过'打道回府'？"他说："我是抱着上海文艺志愿者的态度去服务包头的，如果遇到困境就打退堂鼓，那会让上海人坍台的。"

大青山的山风、昆都仑的牧歌、草原深处的呦呦鹿鸣，渐渐地加粗了许淇脸上的轮廓。不过，他那原先清秀的底色却是抹不去的，儒雅、谦和、洒脱依然，而且还是喝咖啡，抽烟斗，戴呢帽。凡是见过许淇的人，都说他是江南和塞北的奇妙合体，包括相貌和性格。许淇的确是幸运的，他不仅遇到了散文诗，还遇到了爱情。二十七岁那年，许淇在包头成了家，他娶了一个出生于科尔沁草原的女孩。这女孩是他的崇拜者，她对他的仰慕和敬意滋润了许淇之后的生命。许淇告诉我，即使有了一双儿女，可他们一家在很长时间里还是住在东河区的小泥房里，他因此给只有一张课桌、一把破木椅子的"书房"题名为"泥居斋"。他的妻子不让他碰那些锅碗瓢盆的事，许淇对她说，上海男人可是参与"买汰烧"的，所以，他常常料理家中的晚餐，据说最拿手的菜是肉末粉丝、滑熘里脊、拔丝土豆。他的妻子后来回忆说："他的本事很大，随时随地都可写。有了孩子后，他做饭时，一手抱着孩子，一手把本子搁在腿上写作。"

从浦江岸边到包头钢城，空间的跨度对许淇的文学创作产生了很大的影响。得知我家离鲁迅公园不远，他很动情地说："其实，我写散文诗是追随鲁迅先生的,他是中国散文诗的开拓者,他写的《野草》至今都难以超越。说到底,文学是有感而发的,是对生活和社会的认识。如果我没从上海去包头,那我写的散文诗会是怎样的呢?"我没有回答他的问话,但我想起了他的名作《北方森林曲》:"河流,遍布群

《北方森林曲》

山和亚细亚草原，膏腴了我们的贫瘠的北方的河流呵！河流，是森林的血脉和筋络；森林的每一朵绿色呼吸，都能吹皱你们心中螺钿般的涟漪。"在我看来，如此豪放、粗犷的北方的森林曲中谁说就没有江南的温婉和细腻？上海的氤氲给了许淇平和、敏感、细致和钟灵毓秀，而内蒙古的草原、森林、大漠、湖泊则赋予了他雄浑、苍茫、开阔和大气磅礴。许淇独创的"词牌散文诗"，是他兼容南北气质的文学创作的最好证明。

许淇从包头市文联主席任上退休后，除了继续写作，还重新拿起了画笔，追溯他的绘画梦想。和散文诗一样，许淇的现代彩墨画风格独具，浓墨重彩，意趣横生，既传统又现代，写实与抽象共生，我们从中可以感受到容纳万种气象后的格外瑰丽和丰富。人们都说这属"海派"一脉，不过，海上风遁处便是渐显的大漠，驼峰重重。许淇喜画骆驼，单匹的，双驼的，列阵的，在湖边休憩的，在风雪中前行的，昂首的，沉凝的……我觉得这是许淇为自己注入的另一脉血性，刚毅而坚韧。许淇从来没有跟我说过他罹患了晚期前列腺癌，也从来没有向我提及过治疗中的痛苦，我看到的总是他的笑容，听到的总是他的创作。

2013年入秋后的一天，他跟我说，他想开自己的巡回画展，从包头到北京，最后一站将是上海。我听出他平静的语气里有着别样的一层意思，我心领神会——这或许是他人生的最后一趟旅程了。虽然他写下过"贴着草尖，向孤独的无限延伸，请埋葬我在这大草原"的散文诗，但我知道他内心里割舍不了对故乡上海的深挚感情。

"色与墨之和谐——许淇现代彩墨"画展是在上海朱屺瞻艺术馆举行的。那天，他默默地、恬然地独坐一隅，看着前来观展的人们，我从他许老文友：

没想到老远能见到你，这一路还好吗？

贵州此较累吧？这真是件奇事，这就是所谓“缘”。茫茫之中，有个“缘”牵着，也是世间难得的事。有的老朋友，虽通“鸿雁”，还款款言之，却一次也没能见过面的。

……的老诗人王老邪，（不知你读过这人诗到……及诗名？）她的人称“女驴大姐”。今年高寿八十七、八，最终到达成都，却与我缘悭一面。见到了，毛毛雨，当下最真的事实与感觉，不亦十年乎！

我建议打电话，还是原始的书写与沟通；没有电脑，写起来才带劲，也不大喜欢打电话。没什么事就不打电话。写信如写字还慢得一些。

现将十月下旬去上海由……黄龙等摄……人（资料……杂志上，你数位朋友……若干情节……您也见识吧。《鹿啊》有一期刊出我的中作小说，您有……寄到没有？待今后寄。等……书与画册即寄来给你挂邮。我的一、二本散文诗集到上海向文出……好。做……一定要善自珍摄，多多多多，好好保重！

许淇 2013.09.09

许淇致作者的信函

微笑着的脸上看出了一份惬意和满足。展览的画中有一幅《从窗口下看》，以超现实主义手法，用强烈的红色、黄色、黑色的色块，组成了俯瞰下的屋顶和巷弄。我猜这应该就是许淇记忆中的上海石库门弄堂了。随后，我驻足于《云与倒影》前，那是大风起兮云飞扬的况味，将内蒙古的苍道远茫表现得淋漓尽致。我想，这是多么神

《从窗口下看》

许淇与作者

奇的人生，一介上海书生在包头获得了精神的高扬、灵魂的丰饶，用许淇自己的话说，便是"完满的生命"。画展的成功举办，给许淇增添了很多的欢欣和力量。他说："只要走得动，我还要来上海。"果然，第二年的夏天，他再一次回来了。他给我开了一张名单，让我代他邀请上海的朋友们在虹桥宾馆相聚。晚宴上，许淇非常开心，端着盛着葡萄酒的酒杯向大家致意。这次，他用了我的说辞，称自己是"上包人"，上海—包头人。趁他不注意，我悄悄地溜出去结了账单，算是我的一点小小的心意。

2016年4月，许淇获得"包头文学艺术终身成就奖"。他在给我的电话中说："我今朝发了个言，我讲，假使问我这一辈子写了点啥，画了点啥，那就是歌颂大地和人民。"我说："侬真了不起，侬是包头的光荣，也是上海的光荣。"当年7月9日，许淇把该奖的十万元奖金捐献出来，设立了许淇文学奖，以奖掖年轻的文学创作者。三个多月后的九九重阳节那天，我本来是打电话去问候许淇的，怎料竟获知他在上午九点离世的噩耗。七十九岁的许淇走了，去往高天白云生处。如其所愿，许淇葬在了包头的大青山下，但他的墓地面向南方，遥对上海。

"书模" 周有光

　　我第一次去见周有光先生，是李行健先生安排的。李行健是周有光的同行，也是语言文字学家，曾任语文出版社社长兼总编辑。他还是周有光的邻居，很长一段时间与周有光住同一栋楼里。周有光住三楼，他住五楼，即使后来搬迁了，其工作室也仍在那个小区，与周有光可谓"近在咫尺"。

　　周有光搬到这个位于朝内大街后拐棒胡同里的小区后，一直住到去世。由于这个小区的门口就是人民文学出版社的门市部，所以，我去北京

的时候常常去那里逛逛，对那一带也算是比较熟
了。周有光住的这栋六层楼没有电梯，我前去拜
访时心想，他一直工作到八十五岁才退休，那他
这样每天上下楼，腿能吃得消吗？后来，他告诉
我，他倒是没有问题，九十岁还在爬楼呢。他的
独子周晓平为了能更好地照顾他，打算把这里的
房子置换到自己家附近，但周有光没同意，他说
已经住惯这里了，而且他的一些好朋友也都住在
附近。

　　周有光家有四个房间，但面积都不大。我坐
在他只有九平方米的小小的书房里，环顾四周，
一切都是那么简陋，只有一张陈旧的小桌子、一
个陈旧的小柜、四个陈旧的小书橱，连坐着的椅
子都没有扶手。但是，我明显地感到这里的儒雅
氛围。周有光那时一百零九岁，他侃侃而谈即将
重新修订出版的《朝闻道集》。这本书是周有光
一百零五岁时出版的。我读后非常震撼，他的思

维如此超前，他的视域如此辽夐，书中充沛的思想紧扣这个世界和这个时代。周有光强大的气场源于他站在人类文明的高度，并以世界的眼光来看中国。

与周有光聊天足以让人开悟。他说他自己也没想到能活那么长，不过，生命不在于长短，而是要有价值，这价值就是对他人对社会有用、有贡献。周有光谈笑风生，幽默之极，他说自己过了百岁之后记忆力越来越差，但理解力却是越来越强。他说这话的时候，颇为得意地往嘴里塞了一颗润喉糖，随即忍俊不禁，笑到流出眼泪，便摸出一块白手绢来擦眼。跟着他大笑时，我才真正体验到什么叫睿智，什么叫豁达。那天，周有光还说到了人类生命周期的规律，为了让我听明白，他一边说，一边拿过一张淡黄色的便条纸，用黑色书写笔在上面描画起来。他画了一条抛物线，演示从一岁到一百岁的生命走向。这时，我

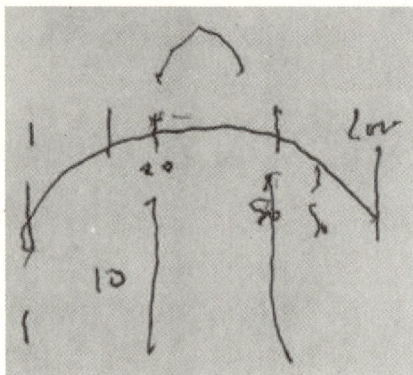

周有光为作者画的
人生曲线图

　　蓦然想起其实他是经济学出身，后来才从事语言
文字工作的，他的思想和表述都非常有逻辑性，
甚至可以"建模"。我错过了他的一百一十岁生
日，但我拿到了他家人特意制作的庆贺寿碗。
寿碗通体洁白，上面画了两朵带着枝叶的粉色牡
丹，也是浅浅淡淡的，犹如他的为人和性格，淡
泊、清疏、温和、纯净。

　　周有光是常州人，我母亲也是常州人。特

别凑巧的是，我在周有光出生的那条伴着运河的青果巷也住过一段时日。青果巷是个南北向的巷子，近一公里长，铺着青石板，两边都是房屋，青砖雕瓦，绿荫垂墙，中间是京杭大运河。明代万历年间，这里船舶云集，店铺林立，是南北果品的集散地，故名"千果巷"。后来，运河改道，果店迁移，此处倒是成了清幽之地。官绅纷纷来此营建宅院，形成常州城里唯一一处名门望族聚

庆贺周有光一百一十岁生日的寿碗

集地，巷名也随之改为青果巷，多了一番意境和情致。周有光曾回忆说："青果巷有意思，瞿秋白、赵元任、我，都住在青果巷，我们三个人都搞文字改革。"周有光家的房子在青果巷的东边，叫礼和堂，是明朝时始建的，后来他家又在老屋边上建了一座新的房子，连在一起，房子有好几进。在周有光的记忆里，他家前门在路上，后门在水边，他要过了河去上学，而河上没有桥，只有由船连起来的"渡桥"，人从船上走过去。

如今，礼和堂已保留下来，常州市相关单位每年春夏里还在此举办"字在青果，音而有光——有光拼音文化季"活动。我参加过多场活动，沉浸式地感知周有光与汉语拼音的故事。但我之前却不知道周有光还是常州吟诵调的代表性传人。常州吟诵调是国家级非物质文化遗产，是运用常州方言进行吟诵的一种传统艺术形式，其源可上溯至先秦时期的吴地吟唱，经唐宋发展，

常州青果巷周有光故居

明清走向繁盛，已有三千年以上的传承历史，是语言、音乐、诗歌结合最紧密的方式。由此可见，周有光研究语言文字并非没有根基。我虽然没听过周有光用常州方言吟诵唐诗、宋词，但他说话时的常州乡音让我倍感亲切。

　　周有光传承常州吟诵调，而他的夫人、才

貌双全的张允和对昆曲情有独钟，他俩留下了许多琴瑟和鸣的佳话。张允和担任北京昆曲研习社社长时，非常积极，又是演出，又做研究，还要编辑专刊。周有光也跟着入了社，他说他是不积极的，不过每次开会从不缺席，他说"我得去陪她"。他俩对家里的保姆特别好。当时他家有两个从农村来的年轻保姆，周有光说，她们不学文化太可惜了，要是有了文化，将来可能会改变她们的人生。于是，他和张允和亲自给保姆们制订学习计划，还亲自授课，结果，两个保姆一个考上了中专，一个考上了大专。虽然两个保姆因上学而离开了，周有光和张允和都很不舍，可他们发自内心地为她们高兴。张允和是九十三岁那年去世的，那时周有光九十六岁，他虽然很伤心，可还是慢慢地平复了心情。他说，前面的人总要为后来者腾出生存空间，这样人类才能生生不息，一代一代传下去。

　　但是，他身为气象学家的独子周晓平于
2015年1月遽然离世，这对周有光的打击实在是
太大了，他根本无法承受。在周有光送给我的
《我的人生故事》一书中，他写了与张允和还有
过一个女儿，名叫周小禾。人家都说他们有一儿
一女，是全福夫妇。但抗战时期，小女儿在四川

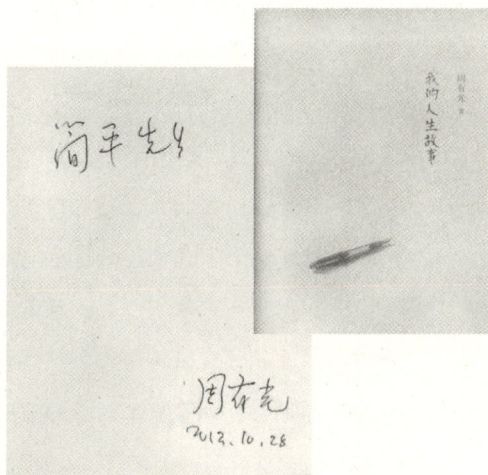

《我的人生故事》

得了盲肠炎，由于得不到有效的治疗，不幸病
逝了——"这是最悲惨的事情"，"这是一个打
击"。不料，没多时，一颗流弹又击中了儿子周
晓平的腹部，在他肠子上穿了七个洞。幸好住家
附近有家空军医院，他被及时地送去抢救，拣回
一条命。这样的遭遇让周有光对儿子始终疼爱有
加。周晓平去世后，谁也不敢把这噩耗告知周有
光。平时，周晓平每周都要来看望父亲的。因不
见他来，周有光便问保姆，保姆说："他外出开
会了。"过了一周，依然不见周晓平来，周有光
再次问保姆，还说怎么连电话也不打一个来，因
周晓平曾患过胃癌，他十分担心。到了第三周，
已没办法再瞒下去了，于是，家人和好友商量叫
辆救护车等在楼下以防意外，然后再去跟周有光
慢慢"渗透"。周有光表现得异常冷静和理性，
他说："你们不用再骗我了，我能扛得住的。"
尽管这样说，独子的离去还是让周有光遭受重

创，他很快就因胃部出血、肺部感染等住进医院，三个多月里被三次下达病危通知书。直到六月，他的身体才恢复。出院时，他对人说"风暴已经过去了"，可事实上，他无法释怀，常常半夜三更起来，让保姆扶着他在周晓平住过的屋子里走来走去，这里抚抚，那里摸摸，垂泪不止。接着，连白天都这样，周有光甚至极少说话了。听到这些消息，我担忧不已。

2016年10月，我去北京出差时想上门看望周有光，并带去我刚出版的长篇散文《最好的时光》。这本书写了我和我母亲两个癌症患者携手度过的四年时光。那天，我走上那幢老旧房子的三楼，正想敲门的时候，忽然犹豫起来，真的非常害怕惊扰了他。后来，我还是请李行健将书转交给了他。让我惊喜的是，他看了我的书后，不仅说这书名起得好，还专门拿着书拍了张照片，权当是为我做"书模"。看着

"书模"周有光

照片，我不禁泪流满面。三个月后，2017年1
月14日，周有光在度过一百一十二岁生日的次
日，驾鹤西去。那一天，盘桓在我脑子里的都
是他的音容笑貌，还有《朝闻道集》一书扉页
上的话："朝闻道，夕死可矣；壮心在，老骥千
里；忧天下，仁人奋起。"

"所长" 黄宗英

2019年初，电影表演艺术家、作家黄宗英老师因肺部感染，在上海华东医院住院部换了个病房。其实，她很不愿意换病房。因为住久了，她把这里当成家一样，精心布置了房间，墙上挂了照片，床头架上摆有玩具，窗口则一年四季摆有鲜花和绿植，还配置了小书架、小书桌。一搬病房，她觉得自己就不会再有力气这样布置了。很想安慰她一下，于是，3月26日那天，我约了彭新琪老师一起去医院看望她。彭新琪与黄宗英是至交，也是黄宗英的责任编辑。几十年里，黄宗英在《上海文学》上发表的作品，都是经由她之手。

　　天气非常好，风和日丽，满是浓郁的春的讯息。到了病房门口，看护阿姨叫我们先等着，因为黄宗英说她要准备一下——即便见老朋友，她也要把自己打理得干干净净。等我们进入病房时，黄宗英已经坐在了一张扶椅上，她身穿红色羽绒服，戴了一条淡色的丝织围巾，穿着病号服

黄宗英与作者

的腿上则盖着一条小棉被。我很细致地观察到，黄宗英之所以戴了一条围巾，不仅仅是为了装束上的搭配，也是想掩盖左颈处的输液埋管。她不想让别人看到她的病况，不想让朋友为她担心。这是一种何等的人生姿态，饱含着生命的尊严、优雅、从容和力量。一问才知，这次换病房是因为年前黄宗英患了肺炎，还伴有心衰，病势汹汹，甚至住进了重症监护室，现在情况稳定后就从原先的心内科换到肺科病区了。时年九十四岁的黄宗英神清气爽，笑容灿烂。当彭新琪递上她刚出版的新著时，耳聪目明的黄宗英根本就不用戴什么老花眼镜，声音响亮地读出了书名《巴金先生》，而且立马翻阅了起来。彭新琪的女儿跟黄宗英说，她今天特意带上了一块自己喜欢吃的起司蛋糕给黄宗英尝尝。黄宗英即刻说，那现在就吃。看得出她非常开心。

　　就是在那天，彭新琪说起，新中国成立后，

作为电影明星的黄宗英去了上海电影制片厂，还出任了上海剧影工作者协会托儿所所长。我们一起聊起这事时，都不由得笑了起来，因为黄宗英说她担任托儿所所长时，自己还没有生过孩子呢。想想那时候她工作繁多，又是拍电影，又是演话剧，还有许多社会活动，在这样的情况下，她能管好协会里的会员们送来的小孩子，还真是有能耐。

推算起来，那应该是1949年至1952年的事，因黄宗英和赵丹先生的第一个孩子是1953年出生的。纵观黄宗英这一生，无可否认，她是一个充满母爱，心里装满孩子的人，所以由她担任托儿所所长，真是再合适不过的了。她自己说过，以前从没想过当一名演员，也从没想过当一名作家，像许多中国妇女一样，只想成为一个好女儿、好妻子、好母亲。1948年元旦，在拍摄电影《幸福狂想曲》时，黄宗英和赵丹相

黄宗英和赵丹主演的电影《幸福狂想曲》剧照

识相知，后结为夫妇，开始了他们的"幸福进行
曲"。结婚伊始，二十三岁的黄宗英就成了赵丹
和前妻的两个孩子赵青和赵矛的继母。当时，赵
青十二岁，赵矛六岁，她对他们视如己出，尽心
照料。赵青一开始学音乐，黄宗英就用自己的积
蓄给她买了一架钢琴，每个星期六陪她去学琴。
后来，见赵青有舞蹈天赋，黄宗英和赵丹便将她送到俄罗斯舞蹈家门下学习芭蕾。第一次上课前，黄宗英连夜为她缝制了一件舞蹈服。为了让赵青安心学习，黄宗英居然想出一个主意——交了三份学费，每次赵青上课，她和赵丹都陪在一旁。1951年，十五岁的赵青正式考入中央戏剧学院舞蹈团。从此，她的名字与中国民族舞剧紧密地联系在了一起。赵青一直说："这个妈妈我是记她一辈子的。"

我觉得黄宗英决定做一代影后周璇儿子的养母，并不是一时兴起，而是她坚信自己能做一位好母亲。1951年夏天，周璇在枕流公寓突发精神疾病。听说周璇要把儿子周民抛出窗外，作为托儿所所长的黄宗英心急火燎地赶来，一把抱起只有一岁多的周民，将他紧紧地搂在怀里，之后说服周璇，把周民送进了托儿所。周璇住进医院治疗后，有一天，黄宗英和赵丹下班回家，一进门，竟看到周民与大他许多的赵青、赵矛一起在地上又爬又滚，玩得十分开心。黄宗英对赵丹说："我去问问他，这么小的一个孩子怎么会自己找到我们家里来的呢？"赵丹说还问啥呀，这不就是老天爷给我们送来的礼物嘛，就让他留下吧。从此，周民重新有了自己的家，重新获得了母爱。周璇去世时，黄宗英带着七岁的周民去参加追悼会，周民不仅紧紧地倚靠在她身上，还紧紧地抓着她的手。大家都看到了他对黄宗英深深的依恋。

黄宗英于1954年写出了她的第一部电影剧本《平凡的事业》，其实，这次创作正是源于她担任托儿所所长的那段经历。《平凡的事业》是一部描写中国保育事业的电影剧作，讲述中学生林培明怀着美好的理想，来到托儿所任保育员，不料第一天就被调皮捣蛋的孩子弄得手足无措；接着，她又遇到一系列的困难，从而对工作失去信心，觉得整天做这种平常琐碎的事

情没什么前途，乃至打报告要求辞职；后来在
组织和同事们的帮助下，她提高了认识，决心
终身献给这平凡而光荣的事业。黄宗英的这部
剧作由上海电影制片厂改制后的海燕电影制片
厂投拍，于1958年公映，林扬导演，著名电影
表演艺术家王蓓担纲主演。

　　就是从那时起，黄宗英渐渐将事业重心转
向了文学创作。1956年5月，她出席了中国作

电影《平凡的事业》海报

家协会上海分会第二次会员大会。我曾经问过她："您的文学写作开始于什么时候？"她想了想，然后笑着回答："九岁。那时我十三岁的大哥黄宗江办了一份报纸，他让我投稿，我就给他写了一篇。"当然，黄宗英真正意义上的文学创作，还是在她从事电影和话剧事业之后。1946年，黄宗英发表散文《寒窗走笔》，文笔朴实生动，情感细腻真挚。黄宗英是以散文、剧本和诗歌创作加入作家协会的。可有趣的是，

电影《平凡的事业》剧照

1956年，参加中国作家协会上海分会第二次会员大会的
儿童文学小组会员合影（前排左四为黄宗英）

她既没有参加散文组、诗歌组，也没有参加戏
剧组，她参加的是儿童文学组。这事是我新近
才发现的。儿童文学作家和组织者孙毅先生在
2021年8月去世后，我帮着整理他的遗物，在他
留下的相册里，看到了一张拍摄于1956年的黑

白照片，有心的孙毅在照片的背后用铅笔注明：
"作家协会会员大会儿童文学小组合影"。照片
上，十八位上海儿童文学作家个个意气风发，
年纪稍长的站立在后排，四位女作家则蹲在前
排，黄宗英就在其中。她穿着大翻领上衣，气
质高雅。黄宗英之所以参加儿童文学组，是因
为她对有关孩子们的事业情有独钟。

虽然赵丹是在拍摄电影《幸福狂想曲》时
爱上黄宗英的，但真正让黄宗英对他动心的却是
另一场演出。那时，上海戏剧学院的前身上海
市立实验戏剧学校举行义演，黄宗英和赵丹应邀
参加。他俩合作的是安徒生童话《卖火柴的小女
孩》，赵丹导演，黄宗英化装朗诵。他们从电影
厂的服装仓库里挑来一件又旧又破的淡灰色长
裙，黄宗英穿上后一上场就将观众吸引住了。她
的朗诵低沉得微微颤抖，眼神忧郁但又充满了渴
望，让观众沉浸于寒风呼啸、大雪纷飞的场景

里。大幕落下后，剧场里响起了雷鸣般的掌声。黄宗英捧着"火柴"一次次谢幕，可观众的掌声经久不息，她只好请出导演赵丹。他们手牵手站在舞台上，黄宗英感受到一种特别的温暖。用她自己后来的话说："那时候就有点缠绵了。"看来，还是儿童文学成就了黄宗英和赵丹的爱情。事实上，我一直觉得黄宗英是生活在童话里、生活在孩子的世界里的。

有一次，我和黄宗英聊起一桩往事。1982年1月，黄宗英加入中日合拍的电影《一盘没有下完的棋》剧组，此时，距她出演上一部电影《聂耳》已经过去了二十三年。她随中国电影代表团来到日本，参加影片的开机仪式，负责接待的东光德间影业公司的森繁先生问她，除了随团活动，是否还有其他个人事项需要安排。黄宗英的回答让他瞪大了眼睛——她说想采访一位日本的排球教练。森繁问："为什么呢？如果不是秘密，能告诉我吗？"黄宗英笑着说："没有什么秘密，是我昨晚看电视里转播的中日男排比赛，我们中国队输了，结果我彻夜失眠，我想听听日本排球教练对我国男排的建议。"森繁还是如堕五里雾中："您是文学艺术家，怎么看场排球比赛就失眠了呢？"黄宗英答道："因为我是母亲，我不愿看到失利的中国孩子们那么伤心。"我想，我现在明白了，为什么黄宗英能成为一名恪尽职守的托儿所所长。

"老顽童" 孙毅

儿童文学作家孙毅先生年过九十后，越发是个"老顽童"了。

那天，孙毅给我打来电话，约我去一个地方见一位动画片制作人。我问他怎么过去，他说就骑电瓶车。我听了吓一跳，可他却满不在乎地说："我就是喜欢骑着车到处跑，远一点的，骑电瓶车，近一点的，干脆就骑脚踏车！我骑得飞快！"他一边说一边哈哈大笑，十足一个老顽童。

孙毅将自己这副老顽童的形象定格在了他

"孙毅儿童剧快活丛书"

的文集"孙毅儿童剧快活丛书"的封面上。这封面是他自己设计的：他骑了一辆脚踏车，路过儿童乐园，和正在那里游玩的孩子们互相问候，而他乐呵呵的写实的头像"长"在了卡通画的身体上。他很得意地介绍道："你看，他们见了我，叽叽喳喳地叫着孙爷爷来啦，孙爷爷来啦，奔出来跟我打招呼，我回头一招手，说孙爷爷忙着呢，再见啦，哈哈！"这样的封面真是充满童心，充满童趣。孙毅说："我相信孩子们会喜欢的。"他还让我仔细看书脊，说："上面本来是卡通兔子，我要求改成这只小猪。你看它还舔着舌头呢。这可是一只馋猪啊。我属猪呀，我喜欢吃呀！"

孙毅小时候就很顽皮。说起来，他的父亲竟是大字不识的，当年在上海恒丰路桥下开老虎灶养家。老虎灶周围有不少江湖艺人，小名叫"扣章"的孙毅便是在他们的说唱声中长大的。他曾回忆说："门口唱京剧、越剧、沪剧、'小热昏'（滑稽戏）的，'卖梨膏糖'（说唱）的，什么都有，还有'扁担戏'（木偶戏），一天到夜不断的，我样样都感兴趣。有一次，看'扁担戏'《老虎吃痢痢》入了迷，跟着那挑担的一路看过去，结果忘记了家在哪里。"十九岁时，孙毅报考了现代电影话剧演员专校。后来，他参加地下党，从事学生运动，并加入了上海中国少年剧团。1953年2月，孙毅接受宋庆龄的任命，出任儿童时代社副社长并兼任儿童剧团创作室主任，为推动上海乃至全国的儿童文学和儿童戏剧创作担负起组织工作。改革开放后，他又受命创办了《为了孩子》和《现代家庭》杂志。

孙毅一生从事儿童文学创作，他写得最多的是儿童剧。他写了一辈子，出套回顾性的书，明明是文集，可偏偏要叫"快活丛书"。这套丛书一共有四本，分别是《秘密——小学课本剧》《美猴王——中学课本剧》《小霸王和皮大王——儿童剧集》《五彩小小鸡——木偶剧集》。其实，这套书里收的只是他创作的很少一部分作品。他编撰的儿童剧有百余部，二百余万字，小歌剧、小话剧、小戏曲、快板剧、木偶剧、寓言剧、历史剧、朗诵剧、韵白剧、相声剧等，应有尽有。用他自己的话说："为啥一定要叫文集？儿童文学首先不就该为孩子们送上快活

中国福利会任免通知

今人任字第四號

兹聘任儿童剧院指导员杨毅同志为儿童时代社副社长，兼儿童剧团创作家主任。特此通知。

王席 宋庆龄

一九五三年三月二十三日

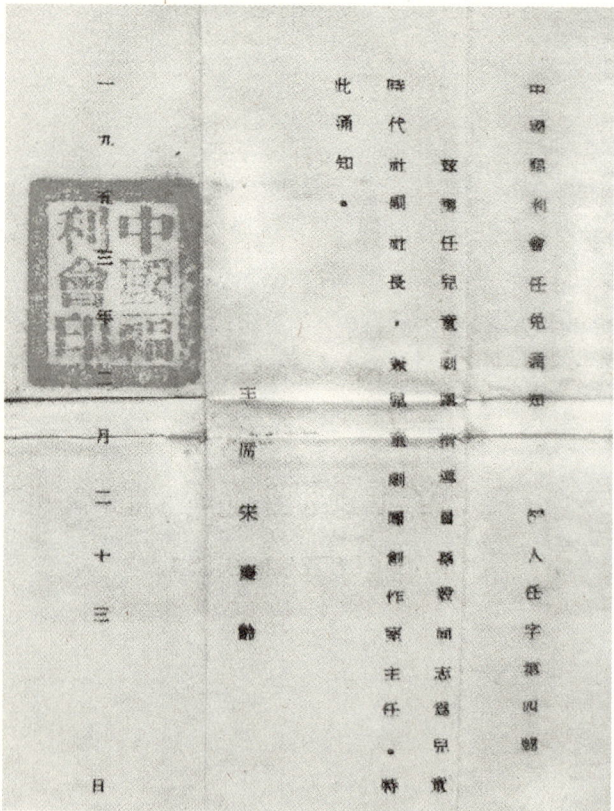

宋庆龄对孙毅的任命书

吗？"他心里面装着的永远是孩子。

有一天，孙毅在电话里跟我夸耀说："我去医院体检，什么毛病也没有。每个零部件就像我的脚踏车一样，都好得一塌糊涂。医生惊奇，连我自己也惊奇，怎么会好成这样，那岂不成了'老不死'了？"我连忙吐了三声"呸呸呸"。他说："你呸什么啊，我'老不死'就可以再做点事情啊。"孙毅果然做了一件大事。新中国成立六十周年时，一家出版社出版了一套《六十年中国儿童文学精粹》，有小说卷、散文卷、诗歌卷，有报告文学卷，但就偏偏没有儿童戏剧卷。孙毅很生气，说："怎么可以把儿童戏剧排斥在儿童文学之外？"他还说："现在，儿童剧走不进课堂，走不进剧场，天天围着应试的指挥棒转，怪不得孩子们的童年越来越短。"他决定以一己之力，编撰《六十年中国儿童戏剧选》。那些日子，他不再骑车到处跑了，把自己关在房间里，靠着自己的专业精神，在浩如烟海的儿童戏剧资料堆里，硬是编撰并出版了这部珍贵的选本。那时候，我倒是担心他不出门会不会闷出病来，所以常常打电话去，反过来催促他多骑车出门兜风去。

当拿到这本厚重之书时，我不禁泪水盈眶。可还没等我称赞他，他却跟我说起了另一个心愿，那便是在有生之年，他要完成一部融进自己人生经历的长篇儿童小说。他说，这将是他的最后一部文学作品。写完后，他就可以完全没有遗憾地离开这个世界。听到这样的话，我为之动容，从中感受到一位毕生从事文学事业的作家的不懈努力和追求，感受到这其中蕴含的强大的生命力量和高贵的精神品质。我跟他说，慢慢写，不着急，一定会写出来的。他定定地看着我说："我哪能不着急呢，现在就要开始！"

2016年夏天最为炎热的一天，我忽然接到孙毅的电话，他用有些沮丧的口气跟我说，他站不起来了。我赶紧去徐汇区中心医院看望他。让我吃惊的是，他竟然在病床边放上了两张小桌子：圆形的桌上堆满了他从上海图书馆复印来的新中国成立前夕地下少先队编辑出版的全套《新少年报》；方形的桌上则是厚厚一摞稿子。孙毅不用电脑，手稿完全是在纸上用钢笔一笔一画写出来的。原来，为了写作这部小说，他非但用尽脑力和体力，而且由于久坐，导致肌肉萎缩，患上了腿疾。我刚想安慰他一下，不料，他却抢在我前头说："你别为我难过，只要把这部小说写出来，一切都是值得的。你相信吗？等写完这部作品，我一定会重新站立起来的！我站立的时候，精神可好了，力气也很大。如若不相信，你到时跟我比试比试！"

我读过孙毅的手稿后，建议将长篇小说的三个部分作为既有联系又各自独立的三部曲，分作三本书出版。基于我对孙毅以责任感和使命感来写作的尊敬，也基于我对这部长篇小说的重要价值和意义的认识，我提议他去申报上海市重大文艺创作项目。让我高兴的是，孙毅接受了我的建议。而我的提议和为之进行的努力也得到了圆满的结果。2017年7月，长篇小说《上海小囡的故事》三部曲正式出版。我在为该书所写的《代后记》里说："在我眼里，这不仅仅是一部文学作品，更是孙毅先生长长的人生的印记，展现出的是生命永恒的光芒。"

孙毅以他顽强的毅力最终实现了自己的心愿，而在完成这部作品的时候，他真的重新站了起来。他不仅又可以走路了，而且又可以骑车了。那天，他与我相约碰面，还说他会在一个地方等我。我到那里时，惊讶得瞪大了眼睛——他居然骑了一辆电动车过来，并潇洒地招手让我坐上车子。一位九十五岁的老人，生气勃勃地骑车简军老师：

孙毅致作者的信函

105

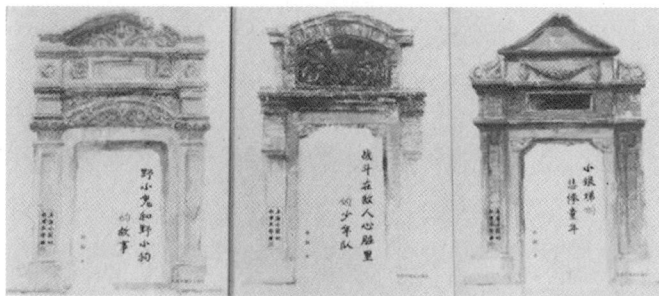

长篇小说《上海小囡的故事》三部曲

带着我一路驶去。簌簌作响的风向我扑面而来，我在风中快乐地大叫："你真是一个老顽童！"

2021年4月，孙毅因胃出血住进了医院。我去探望他时，他正躺在床上闭目养神。他看了看我，朝我点点头。我不知道他的思维和表达是否清楚，便问他道："我是谁？我叫什么名字？"他讪笑起来，说："这还要问，你当我脑子出血啊，我是胃出血。"我立刻吐了吐舌头。不过，后来他有点神思恍惚地说心里很难过。我问怎么

孙毅与作者

回事。他说，他都生病住院了，可他的爸爸妈妈却至今没来看他。我安慰他说："你爸爸妈妈年纪大了，住得太远了，没法来看他。"我一边说，一边湿了眼眶，一个年近百岁的老人，病中竟像孩子一样希望有父母的陪伴。事实上，他的父母早已离世。

到了六月，孙毅明显地缓过劲来了，能吃能睡，还天天看电视。他是上海市作家协会儿童文学委员会的前辈领导，为上海儿童文学的发

展立下汗马功劳。我去看他时告诉他，为了向他
致敬，上海市作家协会儿童文学委员会与浦东图
书馆合作，在举办的"上海儿童文学基地·星光
童读会"上，将由我主讲他的传奇故事。他听后
说："我也要去，我要去看看我的小读者，听听
他们对我作品的意见。"我说那得医生同意。我
建议道："你就给去听讲座的读者写句话吧。"
他马上答应了。他对我招了招手，示意我把耳朵
贴近他。他跟我说："你让我写字，那总得把缚
住我双手的这副手套给卸掉吧，我实在受不了
啦！"原来，为了方便输液，他的颈部右侧埋了
管子，时间一长，胶布引发过敏，奇痒无比，他
便用手去抓。这当然很危险，于是医生就给他套
上了一副加厚的羽毛球拍大小的手套，还把两只
手缚了起来。说实话，虽然我知道这是为他的健
康着想，心里却依然很难过。于是，我解开了缚
在床栏上的带子，帮他脱去了两只沉重的手套。

为浦东图书馆读者题字

他开心地笑了起来，说他解放了。他执意要下床，然后坐上轮椅，让我将他推到大厅里，在一张大桌子上用我的笔写下了"向浦图读者致敬"几个字。因长时间戴着手套，他握不住笔了，写字有些困难，但仍坚持着，几乎用尽了全力，最后还写上了自己的名字和日期。这是他在这个世界上留下的最后的笔墨。他将之献给了他的读者。我觉得没有比这更加完美的了。

两个月后，九十八岁的孙毅骤然离世。

可就在他去世的前几天，这位老顽童还向我"央求"，能不能与医生还有他的家人商量一下，让他出院回家。他说："我没病，在医院里待着干吗，这件事要靠你帮我了！"

但这次，我却没能帮上他。

"老哥" 任溶溶

　　我和翻译家、作家、出版家任溶溶先生是名副其实的"忘年交"。任溶溶大我整整三十五岁，属于我的父辈，但他一直管我叫"小弟"，而在我心里，他就是我最爱戴的"老哥"。

　　在任溶溶生命的最后几年里，我们之间的情谊越加深厚了。由于戴上了须臾不能离开的氧气面罩，他基本上谢绝了别人的探视，但对我这个小弟却"网开一面"。我可以不用预约，随时去看望他，和他海阔天空地聊天。这位视"快乐"为儿童文学主旋律的长者，过了九十

任溶溶与作者

岁之后，即使戴着氧气面罩，即使肌体各项机能不断退化，也始终乐观而幽默。所以，我们每次相见都很快乐。

我和任溶溶聊得多，有一点是因为我们有一个共同的话题，那就是动画电影。说起动画电影，任溶溶觉得这对他走上儿童文学翻译道路有着重要的影响。他是个资深电影迷，三四岁就开始坐在妈妈的膝盖上"孵"电影院了。他还很好玩地开了家"一个人的电影院"——自己编写电影说明书，自己写故事，自己定演员，选用的都是好莱坞一流大明星。如此强大的演员阵容，其实连好莱坞也无法做到。任溶溶尤其喜欢看动画片，每每说起他看过的片子总是滔滔不绝，连小时候看的影片都记得一清二楚。他曾回忆道：早年间去看好莱坞电影，正片前都会加放一些短片，"加映的动画短片是我们孩子的至爱。在迪士尼改拍长动画片后，加映的动画短片就只能看到《猫和老鼠》与《大力水手》了"。当然，有了长动画片后，任溶溶就更加痴迷了。而他最早翻译的外国儿童文学作品中恰好有许多都被改编成了动画片，因此大受欢迎，这也鼓起了他翻译的劲头。1948年，他出版了第一部译作"华尔·狄斯奈作品选集"。这是一套六本的丛书，包括《小鹿斑比》《小飞象》《小熊邦果》《小兔顿拍》《快乐谷》《彼得和狼》，都是迪士尼动画片原著。

《没头脑和不高兴》

　　让任溶溶没有想到的是，有一天，他自己创作的童话也会被制作成动画片。1962年，由上海美术电影制片厂摄制的动画片《没头脑和不高兴》公映后轰动全国，家喻户晓。任溶溶成了"香饽饽"，被动画片创作者拉进了"圈子"里，经常去参加各种讨论和策划。1979年，他的《天才杂技演员》又被制作成了动画片，依然好评如潮。2008年夏天，我所在的上海广播电

视台想加大动画片的创作力度，所以让我把任溶
溶请来开会做参谋。他不但认真准备，亲自到会
发言，还写了好几封信来，提出了许多宝贵的
建议。有一次，他给我寄来了两本他翻译的书，
一本是《地板下的小人》，一本是《吹小号的天
鹅》。他告诉我，这两部儿童文学作品都被搬上

任溶溶致作者信函

了电影银幕，前一部他多年前看过，后一部则是新近在电影频道里看的。由于动画片的片名改成了《真爱伴鹅行》，一开始他还没意识到，看了一会儿才惊喜地发现，这不就是根据《吹小号的天鹅》改编的嘛。因此，他认为抓好原创儿童文学可以为动画片的创作提供丰沛的源泉。他在随书致我的信中深情地写道："我是衷心祝愿我国美术电影事业更上一层楼的。"

"老哥"任溶溶是很罩着我这个小弟的。有一段时间，见我颈椎病犯得厉害，他让小儿子任荣炼帮我找推拿医生，每周督促我进行治疗。我的研究专著《上海少年儿童报刊简史》出版后，他不仅给我写了长长的"表扬信"，还向时任《文汇报》副刊《笔会》主编的刘绪源先生推荐了这本书。刘绪源听后，建议他写成文章，他当即答应。可是，文章才写了个开头，他就因病住院了。但他却放不下这事，一出院就赶紧继续写稿子。他打电话跟我说，由于才出院，需要家人昼夜照顾，所以他没有回到自己居住的泰兴路寓所，而是住在他另一个孩子家中。他让我上门去一趟。我去后，看见他还穿着医院里的病号服，躺在床上，呼吸急促。那一刻，我的眼睛顿时模糊了。很快，这篇题为《又看到了这些儿童报刊》的文章就发表了。

任溶溶是从2016年开始戴上氧气面罩的。那年八月，他因为呼吸障碍住进了华山医院。我去看他时，先问他想吃点什么。任溶溶是个美食家，可是他说现在只能吃粥了，我听了很是难过。虽然他出生在上海，可祖籍是广东，小时候还在广州生活过，因此，他对粤菜情有独钟。于是，我便去久光百货八楼的金桂皇朝粤菜馆排了很长的队，为他买了三种粥——顺德拆鱼粥、皮蛋猪展粥、冬菇滑鸡粥。戴着氧气面罩的任溶溶瘦了不少，说话因戴着氧气面罩而有些吃力，但很清晰，看上去精神也不错。即使生病住院，他还是停不下笔来，在用过的废纸上写东西，其中记录了他的邻床中午吃了多少饭、多少菜："这位九十八岁的老人，他虽然比我大五岁，可是身体比我好得多，有许多生活细节，他都能自理，特别是他的吃功令我十分佩服。他从不挑食，来什么，吃什么，吃得精光。"我看后不禁莞尔。他悄悄地用手指给我看，他写的是那位邻床。我也悄悄地附在他的耳边说："你把他的姓名和身份搞清楚，以后写篇文章。"他听后点了点头。后来，他真的去问了，原来这位邻床是抗日老战士，曾在新四军的兴化独立团任职。在医院日夜陪护的荣炼告诉我，他父亲每天都这样在纸上写写画画。我临走时，问任溶溶要了那张纸，并突发奇想，要把他写的这些东西统统收集起来，然后出一本书。我的这个愿望后来真的实现了。

2018年6月，任溶溶写于2016年6月至2017年5

月的这些文字以《这一年 这一生》为书名由明天出版社出版，作为我献给"老哥"九十五岁的生日礼物。这本书里，我还请荣炼画了插图。这

《这一年 这一生》（任荣炼绘插图）

些插图同样非常幽默，有一种动画片的感觉。

渐渐地，任溶溶连粥也吃不了了。我非常担心，跟他说，总是要吃一点东西的，不然，身体怎么会好呢？他想了想说，那就喝点葡萄汁吧。我追问道，你想喝哪种牌子的？他又想了想，然后告诉了我。我当即买了两箱送了过去。2021年3月，我去看望他时，跟他说了一件事：我读中学的时候，没有什么书可看，学校图书馆的一位老师见我喜欢看书，便偷偷地借了两本书给我，其中一本是商务印书馆出版的意大利作家卡洛·科洛迪的《碧诺基欧奇遇记》（即《木偶奇遇记》）英语简写本。我说，我在写自己的影像自传时不但又看了一遍这本书，还在网上看了一遍根据这部童话改编的动画片。任溶溶听后，马上让荣炼找出人民文学出版社出版的他翻译的《木偶奇遇记》。说起这本译著的翻译也是一个奇迹。我当年无书可看的时候，任溶溶在干校里

也无事可做，于是，他偷偷地自学起了意大利
语，甚至不声不响地直接依据意大利语翻译了
《木偶奇遇记》。他说，我们俩还真是"有缘"
啊。他很开心地用有力的笔触在书上为我题签：
最最最最亲爱的好朋友简平小弟留念。

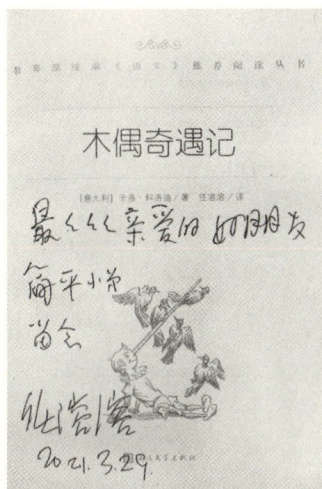

任溶溶写给作者的题签

2022年元旦时，我去探望任溶溶，什么吃的都没有买，因为他已经吃不下东西了。我给他带去了一本《辽宁博物馆典藏国宝》的豪华本日历，里面的铜器、陶瓷、碑刻、书画藏品大多蕴含着吉祥安康之意。我跟任溶溶说，1月12日下午，上海译文出版社将举行《任溶溶译文集》发布会。我还说，我请了著名儿童文学评论家束沛德先生专门写几句话。任溶溶听后连连摆手说不要去麻烦他，毕竟他也九十多岁了。他说他会不安的。我转告了束沛德，但他还是写来了一封长长的热情洋溢的贺信，并让我代他在发布会上宣读。煌煌二十卷，近千万字的《任溶溶译文集》只是任溶溶八十年翻译生涯的一半译著，但已是一座丰碑、一座灯塔，会永远以文学的光芒点亮一代又一代读者的心灵。

转眼到了5月19日，那天是任溶溶的一百岁生日。没有想到，一场疫情竟让我们难以相聚。

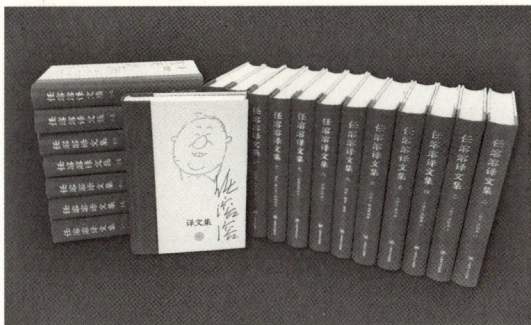

《任溶溶译文集》

在这之前，荣炼几次发来微信，说他父亲很想念我，问候我。我想来想去，决定拍一条视频给任溶溶，祝他生日快乐。荣炼说，他父亲看了好几遍，并谢谢我对他的祝福。这年夏天，上海特别炎热，我放心不下任溶溶，跟荣炼商量，我拿到核酸检测报告后，即让女儿开车送我去他家探视。可荣炼说，疫情没有缓解，天气又过热，还是再耐心等等。9月中旬，我和荣炼终于约好，

23日那天去见那么长时间没有见到的任溶溶。不料，22日早上，我却得到了任溶溶在当日凌晨于睡梦中离世的噩耗。那天晚上，我和荣炼在电话里一起失声痛哭。

虽然任溶溶不在了，但是，23日我还是如约前往。看着空落落的床铺，想到以往我们坐在床边聊天的时光，我不禁泪水汹涌。我脱下帽子，向任溶溶的遗像鞠躬。我在心里说，我的生命里能遇到这样一位诚挚的老哥，这是何等的幸运。

我才离开，就收到荣炼发来的微信："帽子忘了！没头脑！"

我回复道："先搁着吧。不高兴。"

"厂长"于蓝

那是1996年4月初的一天，听说电影事业家、电影表演艺术家于蓝老师要来上海出差，我即与她联系做个采访。其实，于蓝那时已很少接受采访了，但她想通过我的采访就儿童电影发一点声音，这才答应了我。

四月的上海细雨霏霏，那天，我跟于蓝约好了在广电大厦见面，当我提早一些时间去大门口迎候她时，发现她比我还提前到了。她没有打伞，只披了一件风衣，仰起脸望着高高的广电大厦，一任绵绵雨丝在她的周遭飘飞。那一刻，我

于蓝与作者

不禁想起了她在电影《烈火中永生》里塑造的江姐的形象。

　　这次来上海，于蓝是要和她的同行张瑞芳老师商量来做些推动儿童电影的具体工作。1981年6月1日，北京儿童电影制片厂（1987年更名为中国儿童电影制片厂，以下简称"儿影厂"）成立，于蓝担任首任厂长。那时六十整岁的她是

电影《烈火中永生》剧照

怀着对少年儿童的一片挚爱接受这项任务的。事
实上，很多观众都盼着作为"新中国二十二大电
影明星"的于蓝能重返银幕。而她本人也希冀着
再攀艺术高峰，但为了孩子，为了国家的未来和
希望，她推掉片约，全身心地投入儿童电影事业
之中。于蓝对我说，这样做更值得，因为整个儿
童电影事业的发展比她个人来得更为重要。"这
种奉献精神是应该要有的，我乐于为此默默耕
耘。"于蓝说得很诚恳。其实，这样的话我早在

于蓝

1982年第六期的《电影故事》上已经读到过，那时出任儿影厂厂长才一年的于蓝写了一篇文章，题目就是《为儿童电影献身》。

创业多艰难。于蓝回忆道，儿影厂成立之初条件非常艰苦，当时厂房设在北京电影制片厂的南墙根，那里是一块种着一排杨树的空地，旁边就是北京电影制片厂的传达室。他们就在这块空地上搭了一排板房，房顶盖着油毡。夏天太热，

便在房顶上再支上柳条编的席子。由于没有大会
议室，全厂开会就在房前院子狭长的走道里，而
一些拍摄设备和办公用具则是她向厂家打欠条赊
账买来的。可是，再艰苦的条件也阻挡不了于
蓝带领儿影厂前进的步伐。在她任厂长期间，儿
影厂给全国人民交出了漂亮的答卷——拍摄生产
了《四个小伙伴》《红象》《应声阿哥》《娇娇
小姐》《少年彭德怀》《马加和凌飞》等一大批

全家福

于蓝与孩子们在一起

　　载入中国电影史册的、为广大少年儿童喜爱的优秀少儿电影。这些电影还受到外国少年儿童的欢迎，在国际儿童电影节上屡获殊荣。

　　值得一提的是，1984年，中国儿童少年电影学会创立；1985年，专门为奖励优秀少年儿童电影、表彰优秀少年儿童电影工作者的中国电影童牛奖（2005年并入中国电影华表奖）创办；1986年，中国儿童少年电影电视中心创建；1989年，中国国际儿童电影节创设——所有这一切为中国儿童电影这座辉煌的大厦真正奠定并夯实了基础。

那时在儿影厂有句口头禅："说破嘴，跑断腿儿，眼泪加汗水。"这句口头禅既表达了儿童电影创业的艰难，也道出了儿影厂的创业者顽强的奋斗精神。作为一厂之长，于蓝是身先士卒的。我听于蓝说，1983年冬天的一个早晨，她照例一早就去上班，开门时，不知怎么回事，那扇门竟然弹了回来，狠狠地夹住了她的右手。由于反弹力过猛，她来不及抽出手来，无名指的一截指头生生地被夹断了，而且还留在了门板上。于蓝忍着钻心的疼痛，用手绢包好那截断指，匆匆赶到医院。医生跟她说，如果要把断指接上，就得动大手术，康复起码需要二十天。于蓝一听，心想一大堆工作正等着自己去做呢，哪能休息那么多天。她问医生有没有其他简单的办法，既能包扎好伤口，不致化脓，又不要影响正常的工作。那位医生犹犹豫豫地说，只能不接上断指。于是，事业心、责任心巨强的于蓝毫不迟疑地把那截断指扔了，在简单地缝合好伤口后，马上回到了办公室。我对于蓝说："您真就是战场上无畏的勇士。"她笑着说："现在想来，把那截断指扔掉挺可惜的，不如留下来做个纪念。"说着，她伸出右手。我看到无名指明显短了一截。

于蓝很快把话题切入儿童电影，这是她接受我采访的初衷。她用不无沉重的口吻告诉我："虽然我们拍出了不少好影片，但在发行中却遇到了许多困难，一些影院为经济利益考虑而拒绝放映儿童片，拍出的影片只能放在仓库里，而几亿少年儿童却望眼欲穿。我这次来上海，会与张瑞芳一起就新创立的中华爱子影视教育促进会如何开展工作做些实质性的探讨。我也希望媒体能帮着我们呼吁一下，大家共同来做些努力，搞好儿童电影的发行，让孩子们能看到专门为他们拍摄的影片。"

我在于蓝的讲述中，感受到她有着强烈的社会责任感和使命感。说实话，时年七十五岁、已从厂长岗位上退下来的于蓝本可以安享晚年，但她依然在为中国的儿童电影鼓与呼。她的身上有一股执着的劲头，这让我想起她在出任儿影厂厂长之前，其实刚刚与癌魔进行了抗争。当时，北京电影制片厂正在筹备把空军政治部话剧团演出的话剧《陈毅出山》改编成电影，开始主攻导演

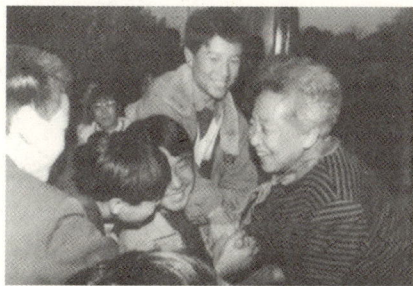

于蓝在片场

的于蓝很想再度执掌导筒，便与因执导影片《英雄儿女》——于蓝的丈夫田方在该片中饰演王文清——而声名鹊起的导演武兆堤共同合作，两人又一起找到《陈毅出山》的编剧，再加上历史顾问和文学顾问，组成创作小组开始工作。可就在这时，于蓝时常感觉身体不适，结果到医院检查后查出患有乳腺癌，她不得不退出创作小组，连续做了两次手术。整个治疗过程相当痛苦，但是，于蓝以顽强的毅力，终于从死神手中挣脱出来。不久，她便挑起了创办儿影厂的重任。于蓝告诉我，作为全国政协委员，那时她经过周密的调研和思考，已提交了关于发展中国儿童电影事业和前景展望的提案。

我问于蓝："您刚才说儿童电影在发行方面有困难，那在拍摄方面情况怎样？"

于蓝回答："拍摄方面同样面临困难，由于票房的原因导致缺少投资，一些好剧本搁在那里，无法拍摄。"

"那少拍一点？"

"这可不行。儿童是祖国的未来和希望，只有拍出更多更好符合儿童特点的影片，才能满足他们的求知欲望，激发他们丰富的想象力。"

"您这样奔波累不累？"

"我就想给儿童电影多'抬抬轿子'，尽我所能发挥一下余热。"

"您还想干几年？"

"虽然不做厂长了，但我还没退休呢。一天不退休就要干好一天的活；就是退休了，我也会一直为儿童电影做些事情的。"

拳拳之心，令我动容。

我跟于蓝说："您放心，我一定会把稿子写好的，我也要像您一样为中国的儿童电影贡献力量。"

那天，在我和于蓝交谈的过程中，我们的摄

影记者一直在忙着拍照。

我的这篇采访稿《又见于蓝》很快在《上海电视》周刊上刊出了，并配了摄影记者在采访现场拍的照片。我觉得这张照片拍得非常传神——于蓝眼睛看向远处，目光坚定，一头短发显得格外精神，虽说泛着花白，但因染着岁月的风霜而愈有蕴含。我特地用挂号邮件给于蓝寄去了杂志，我相信，她会喜欢的。1996年4月30日，她

《又见于蓝》采访时的照片

给我写来了一封信：

简平同志：

您好！谢谢您寄来《上海电视》周刊
4月号。文章拜读了，文笔清秀，很有情
致。写得不错，很感谢！

这张照片不知是谁拍的？如可能，给
我一张可留念！

不多写了。

祝好！

于蓝

1996.4.30.夜

看来，于蓝对自己的这张照片也相当满
意。我当即告诉摄影记者，并问他能否找出底
片，再冲印一张送给于蓝。可是，摄影记者跟
我说，他现在抽不出时间，待得空之后再去

中国儿童电影制片厂　　　　　　　第　页

（手写信函）

于蓝致作者的信函

做这件事。之后，这事就没有了下文。如今想来，对于一位表演艺术家来说，有一幅自己满意的肖像并不容易，实属难得，可是，我却没能让于蓝如愿以偿。我很内疚，也很自责，如果我追着不放，去帮着摄影记者整理照片，或许就找到了那张底片……我就是没有于蓝的那份果断、坚韧和执着。

让我稍感安心的是，2008年，在我成为制片人之后，我拍的第一部电影《男生贾里新传》正是儿童片，该片荣获第十三届中国电影华表奖。我在去北京领奖的飞机上，看着舷窗外白色的云海，想到的一句话就是："于厂长，我也来向您报到啦！"

于蓝是在八十岁那年才正式办理离休手续的，此后就像她所说的那样，依然为中国儿童电影事业竭尽全力。

2005年，在纪念世界电影诞生一百一十周

于蓝在中国儿童电影国际论坛上发言

年、中国电影诞生一百周年之际，于蓝获得"国家有突出贡献的电影艺术家"荣誉称号，真是实至名归。2017年，中国国际儿童电影节正式永久落户广州，已经九十六岁高龄的于蓝在儿子、电影导演田壮壮的陪伴下来到广州，与中外影人共同见证现场盛况。在电影节上，于蓝热情洋溢地鼓励儿童电影工作者，她说："看到中国儿童电影发展这么迅速，我十分开心，希望有更多的人投身中国儿童电影事业，也希望电影节继续发挥应有的水平，带动行业拍出更多优秀的少年儿童电影。"

2020年6月27日，"为儿童电影献身"的被誉为"永远的厂长"的于蓝在北京逝世，享年九十九岁。而就在2019年，她重返银幕，主演了电影《一切如你》，并由此入选"最美奋斗者"。

我想，这是多么完美、多么圆满的一生。

"吃货" 沈昌文

　　出版家沈昌文先生自称是个"吃货",而且还是一个"上海吃货"。所以,我每次请他吃饭,点的都是上海本帮菜。沈昌文出生在上海,在那里生活了二十多年,深度浸润于海派文化,因此在他身上有许多上海人的特质;即便在饮食这等事上,虽说他后来进京工作,却也一直保留着上海人的口味。比方说,北方人好喝白酒,但沈昌文只喝啤酒;北方人嫌吃蟹麻烦,可沈昌文对大闸蟹却情有独钟。我本来已经想好趁2021年1月14日去北京参加全国图书订货会之际,请

沈昌文

他喝一次啤酒、吃一次大闸蟹的，无奈因为疫情，订货会延期举行，我的愿望落了空。不过我想，总还是有机会的，哪怕过了吃蟹季，啤酒还是源源不断的。孰料，1月10日一早传来年届九十的沈昌文于清晨在睡梦中过逝的消息，令人扼腕，我再也不能跟他吃饭聊天了。

多年前，我的中学校友、国家图书馆外文部主任顾犇先生带我第一次去见沈昌文的时候，沈昌文将会面地点约在了雕刻时光咖啡馆。这很能显出他的独具匠心，因他知道我和顾犇都是上海人，上海人是爱喝咖啡的。后来，我和他熟了，也就开始和他在北京和上海两地约饭了。沈昌文喜欢吃的都是地道的上海菜，草头圈子、水晶虾仁、八宝辣酱、红烧蹄髈……我一边吃一边听他讲在上海生活时的趣闻轶事，总会笑到大喊肚子痛。他说他当年在上海一家银楼做小伙计时，老板一家是宁波人，爱吃臭的东西，而检验臭的标准是看有没有长蛆，长了蛆才算臭得够了，才可以食用。老板娘规定，每次从臭缸里取出食物必须先送给她看，她边念《往生咒》边把蛆虫挑出，然后把食物分给大家吃。一开始他还吃不惯，过了五六年后，他也非臭不食，视其为天下美味了。

说起沈昌文在吃喝方面的有趣事，那真是多如牛毛。比如，他善待下属，为了让《读书》杂志的编辑们精力充沛地工作，他买来了电砂锅和咖啡机，给编辑们炖红烧肉、煮咖啡。大家吃

《读书》

得喝得津津有味，干劲十足，文思泉涌。不过，
他们也时常调侃他卫生不达标，说那个电砂锅从
来就没有洗干净过，煮好了的咖啡也是盛在掉
了漆的大茶缸里。又比如，他贪爱啤酒，而且
还只喝冰镇啤酒，但因为他有肝病，他的老伴
白大夫便限制他的饮食，不让他多喝啤酒，可
他常常口头答应，行动上却不执行。因此，有次
我做东请他和诸位朋友吃饭，白大夫派女儿沈懿

来"督餐"，说好这次最多只能喝一瓶啤酒。沈昌文故意大声地跟我说："今天客人不少，多要几瓶啤酒也无妨。不过，我台面上只能有一瓶，不然女儿就交不了差了。"只见他把一瓶啤酒放在自己手边，然后在我面前也放上一瓶。结果，他的那瓶倒是还满着，可我的那一瓶不一会儿便喝完了。原来他使了一个小计谋，他知道我不喝酒，便故意放上一瓶，而后神不知鬼不觉地一直喝着我的那瓶啤酒，最后当然就是多喝了一瓶。

其实，他的酒量不大。历史学家雷颐先生曾回忆道："一天晚上吃喝之后，我与他一同出门，看他已有几分醉意，就劝他别骑车回家了，我送他回去。他坚持说自己没醉，哪知刚刚跨上车就摔倒在地，我忙上前将他扶起。劝阻不住，他又跨上车去，歪歪斜斜几步，又倒在地上，只得同意我送他回家。第二天，他来电话问我看到他的钱包夹子没有，他的卡、证件全在里面。又过一天，他来电话说找到了，原来在他家卫生间的马桶后面。"

　　既然是"吃货"，沈昌文的心里自然就有一幅"京城游吃图"：哪里有好馆子，哪里环境清雅，哪里又便宜又好吃，他都了如指掌；粤菜、潮州菜、川菜、云南菜、湘菜、杭州菜、上海菜，乃至清真菜，他无一不晓。不过，他最中意的并不是山珍海味的奢侈酒席，而是街边角落的

沈昌文与作者

小馆子，因为他认为这样才可能吃出一些文化意味来。沈昌文有一金句："我最喜欢在脏兮兮的餐馆，吃脏兮兮的小菜。"这个"脏兮兮"，不是真的脏，而是指乡土气和家常味。许多人都有过这样的经历——某一天，沈昌文神秘兮兮地说，带你们去一个从没去过的菜馆，然后，东穿西越，来到一条小胡同里，于是便吃到了一桌正宗的北京土菜，让人惊喜万分。事实上，沈昌文对上海的老字号菜馆也是了然于胸。他很小就从宁波到上海谋生了，且20世纪50年代初是从上海调到北京去做出版的，对福州路、老西门、城隍庙、北火车站、太平桥、法国公园等如数家珍，是个地道的老上海。所以每每他来上海，我们就会请他去老字号的老正兴、梅陇镇、王宝和吃饭，他也每每颔首赞同。

不要以为沈昌文真是一个只图口舌之快的饕餮之徒，他是"醉翁之意不在酒"。作为一个有使命感有事业心的出版家，他的"吃喝经"
是他的实干精神的写照。他在当三联书店总经理
和《读书》杂志主编时，总是要求编辑能够"吃
吃喝喝，拉拉扯扯"，就是要求编辑要有黏功，
对看中的作者、译者要缠住不放，并在工作餐的
饭桌上将组稿之事搞定，回到办公室就能签订合
约。学者陈子善教授就说过："沈公请吃饭是大
大出了名的，他自己也从不讳言'吃吃喝喝'。
每次饭局开始，听他用宁波话畅谈'食经'是
最好的开胃菜。……当然，沈公的饭不能白吃。
如果不是吃饭，沈公、俞晓群和陆灝出版'铁三
角'的阵容能否排出来、'新世纪万有文库'能
否出版和新《万象》能否创办，都是未知之数。
在饭局上组稿，在饭局上讨论并确定出版大事，
这是沈公的一大绝招。"

可对我来说，我最希望沈昌文让我去他的
书房看看。在我看来，沈昌文这位"吃货"

与其说吃的是菜，毋宁说吃的是书——一个做了一辈子出版工作的人，一个主持过《读书》杂志并一直倡导读书的人，哪会没有一肚子的书。因此，我觉得沈昌文的书房里有着我向往中的精神"大餐"。

沈昌文的书房在北京的东单附近，地处闹市，我拐进那个胡同时，觉得那里应该有些年头了，六层楼房也显得陈旧，没有电梯。他的书房在二楼。据说原先在六楼，是后来搬到二楼的。我心想，还好搬到了二楼，不然，年过八旬的他爬上爬下六楼也太辛苦了，因为他是日日要去他的书房的。

那是一个独门独户的两居室，有六十多平方米，都被沈昌文用作书房了，栖居则在别处。开了门进去，我方才知道，这哪里是个书房，简直就是一个颇具规模的图书馆，书架林立，分排列阵。沈昌文的藏书让我大开眼界，正如他主持多

沈昌文的书房

年的《读书》杂志曾发表过的一篇震动中国读书界的文章《读书无禁区》，没有领域边界，门类无所不包。他自己估摸藏书最多五千本，但依我目测，肯定不止这个数目。沈昌文说，他现在最喜欢读的书有两类，一类是有关希特勒的，一类是有关老上海的。我听后先是有点惊讶，后来想想他真是了得。希特勒是影响了世界的人，而且

至今阴魂不散，研究此人对于一个国家乃至世界
的前进方向是很有意义的。至于老上海，其实也
很容易理解，沈昌文毕竟从小在上海长大，尽管
他的母亲一直向他灌输讨厌上海人的思想——因
他的上海人父亲喜抽鸦片，把一个好好的家抽得
家道中落，可沈昌文还是十分怀旧，认为在上海
二十年的生活给他的性格和思想都打上了影响一
生的烙印。可以料到的是，那些有关老上海的书
里有吃吃喝喝的精彩故事。

　　沈昌文没有什么正儿八经的学历，全靠自
学成才。我很想看看他的早年译著，所以，他就
搬来一张凳子，站了上去，踮起脚在书架上面
摸索，让我不由得心生紧张。他摸出一个硬纸板
盒子来，里面有一本他在1953年出版的译著，
是介绍苏联出版情况的专业性很强的《出版物的
成本核算》。这本书对他能够留在人民出版社，
非但没有被"清理出革命队伍"，而且开始被提

拔重用起了很大作用。还有一本是出版于1960年的他翻译的蔡特金的《列宁给全世界妇女的遗教》。这本书的翻译促使他对有关情感和婚姻方面的问题有了较多思考，以至后来他在担任三联书店总经理时，发掘并出版了瓦西列夫的《情爱论》，该书一面世，便引得大家争相购买阅读。另一本是他发掘和出版的房龙的《宽容》，也成了一件重要的"文化大事"。我自己最喜欢的当是出版于1958年的他翻译的季米特洛夫的《控

《宽容》

诉法西斯》。

　　一个好的图书馆应不仅只是藏书馆，而且还应是一个资料馆和文献档案库。沈昌文的书房就是这样的，里面的资料和文献档案简直就是一座当代文化史的宝库。我徜徉其中，每移一小步都觉得不舍。他保存了大量的剪报，年代跨越之长，分门别类之细，完全难以想象。而自从有了复印机后，他还复印了在阅读中发现的很有价值的资料，甚至是一本本的书籍。当然，最让我羡煞的便是他精心保存的名人手稿、信札。在长达六十多年的编辑生涯中，尤其是在改革开放之后，沈昌文与众多名师大家鸿雁往来，谈古论今，述及之深之广，真是一笔重要的思想财富。我跟他说，你不能独占其有，也该给我们大家分享才是。没想到，沈昌文还真整理出一批信函，集成《师承集》《师承集续编》交与海豚出版社出版。他与陈翰伯、陈原、冯亦代、黄仁宇、陆

《师承集》《师承集续编》《也无风雨也无晴》

谷孙、李慎之、吕叔湘、王元化、汪子嵩、张光直、朱光潜、曾彦修等人的通信得以公开，着实令我欣喜。

沈昌文告诉我，他书房所在的这间屋子现在市价已值两百多万。他幽幽地说："可是我的那些破书每本最多值五块钱，这么说来连十万块都不到，可却占了一间两百多万块的房子，岂不浪费太甚。现在藏书人是买得起书，买不起房子。我也曾著文呼吁，但无人搭理。大概答复只有一个：谁让你买那么多书！"我笑着说："那现在就不买书了，走，吃饭去！"

沈昌文漫画像

　　2016年10月15日，我的长篇散文《最好的时光》在北京涵芬楼举行读者见面会，沈昌文作为特邀嘉宾与我一起坐在台上。有他助力，我就像吃了定心丸一样。他的开篇发言十分精彩，为见面会定下了坚韧而温暖的主题。他说："我们就是要像书里说的那样，把最坏的日子过成最好的时光。"那天，顾犇专门赶来拍照，结束后跟我说："老爷子今天的发言太到位了，想必一定认真地看过你的书。可不知道他是什么时候看的，而且还能把一些细节记得这么清楚。"有意思的是，坐在台上的沈昌文并没有戴助听器——他耳背得厉害——可他非但能与我对谈，还能回答读者的问题，这让我很是惊讶。中午吃饭的时候，我问他是怎么做到的，他却笑而不答。过了一会儿，他用上海话对我说，其实聋了也蛮好，索性好话坏话统统当开心话听。坐在他一旁的女儿立刻指出："可我们对你说的不能胡吃海喝的话，你就是不听。"沈昌文摊开双手，幽默地对众人说："告诉你们，我在家里是被三个医生管着的。我夫人、女儿、外孙都是医生。你们想想，我还能胡吃海喝吗？"

我看到的沈昌文的最后一张照片上他还是在吃吃喝喝。那是他去世前一个月的2020年12月9日。他当天在餐馆吃饭，虽然看上去消瘦了不少，但面对一桌菜肴还是面露微笑。那天，他还是喝了啤酒，但真的只喝了一瓶。

我一直为自己没能让沈昌文吃上大闸蟹而

去世前一月，沈昌文在餐馆

深感遗憾。不过，让我稍感安慰的是，2020年9月，沈昌文在家里过九十大寿时，他的至交陆灝先生特意从上海快递去了醉白蟹，他吃了整整三周，说是心满意足。

事实上，"吃货"沈昌文的"吃喝经"是他豁达人生观的最好写照——他曾嘱人为他写过一幅字，上面录有唐代文学家裴度之言："鸡猪鱼蒜，逢着则吃；生老病死，时至即行。"

"朗读者" 王智量

2023年6月19日是王智量先生的生日,巧得很,阳历和阴历生日重叠在一起。所以,王智量的夫人吴妹娟老师决定在这一天为他落葬——王智量是2023年1月2日离世的,那时是最冷的时候。时间如流水,眨眼间半年已过。

落葬的这一天,上海正值黄梅雨季,大雨滂沱。

临出门前,吴妹娟又仔细地把随葬物品清点了一遍。其实,她已经点了无数遍,其中有一本她上个月才拿到的最新出版的王智量的著名译

王智量

著——普希金的《叶甫盖尼·奥涅金》。而我，
还有众多的读者，都是通过这本译著认识王智量
的，而且都知道他是"朗读者"。

我第一次听王智量朗读《叶甫盖尼·奥涅
金》，是20世纪80年代中期的一个晚上，在上海
市工人文化宫举办的一次文学讲座上，王智量讲
述他与《叶甫盖尼·奥涅金》的故事。那真的是

人生的故事。当年，王智量在贫病交加中投奔在上海的父兄时，随身带着一个旅行袋，里面装的全是写有密密麻麻文字的香烟盒、报纸边、马粪纸等各种碎纸片，这就是他在极其艰难的劳改期间翻译的《叶甫盖尼·奥涅金》的初稿。王智量是完全按照普希金原著的诗歌韵律来翻译这部诗体长篇小说的。普希金为塑造俄国文学史上第一个"多余人"形象，独创了"奥涅金诗节"，即每节十四行，根据固定排列的韵脚连接，洗练流畅，富有节奏感。王智量的翻译完美还原了四百二十四个"奥涅金诗节"。那天，在听众的要求下，王智量朗读了几个章节。他清亮飘逸的嗓音真的非常好听，具有生命和精神的质感，给人以美的享受。

2018年10月，我去华师大一村探望九十高龄的王智量。那日，天高气爽，流动的白云将都市的喧嚣推远了许多，在一个台阶一个台阶地攀

"智量文集"

爬王智量所居住的那幢没有电梯的老公寓时，我想，一个人需要走过多少坎坷之路，才能终于看到平坦。在到达位于四楼的王智量的寓所时，我不禁吁了口气：我们一直念兹在兹的一份安宁是多么地来之不易。

王智量的寓所有三个房间，以前他每天待得时间最久的是他的书房。他一直是个"读书狂"，他的许多藏书的背后都有一段故事，而他那些脍炙人口的译著以及原创小说也多是在书房里译就和写就的。可是，现在他去得最多的不是书房，而是那间会客室。会客室朝北,是三个房间里最小的一间,真真切切的"斗室",所有的空间全都被填满,少有落脚的地方。但是,王智量如今喜欢在这里休憩,或是坐在桌子前,或是仰靠在沙发上。他在这里看看书,写写字,望望窗外。在我看来,他这样的移步,其实是他的人生状态的转变,他已从繁忙的工作转到了安宁的休闲,而小小的空间又足以给他包容感和安定感。

王智量、吴妹娟夫妇

　　吴妹娟把我引进会客室。王智量端坐在长沙发上，我则坐在他的对面。我的椅子旁边是张桌子，桌上除了书和什物，还放了整整两排各种各样的瓶子。见我有些诧异，他告诉我，那是吴老师给他配好的二十来种"补品"，每天都要吃的。

　　王智量称他的夫人吴妹娟为"吴老师"。在我与王智量交谈间，吴妹娟也过来坐下了。前不久，她出去买东西时，不慎被电动车撞了一下，受了点伤，她一边按揉着还在疼痛的臂膀，一边说，前一阵，王智量听从医生的话，去医院住了一段时间，可她却不以为然，认为其实不用住院，而且他住院后反倒还瘦了，气色也没以前好，因此，她决定由自己来对王智量进行健康调理。吴妹娟说这话的时候，王智量在一边不断地笑着点头，表示认可。他真的精神矍铄，脸色红润且富有光泽，让人感受到生命的饱满。他指着自己的牙齿说："你看，我的牙齿很整齐吧，可其实一个都不是真的，都是假牙。我现在硬的东西吃不了，不过，这些'补品'倒是全可以吞下的。"

以前，我曾看到过一张照片，照片上的王智量在盛夏天里只穿着一件背心，坐在书桌前，一手拿着脱下的近视眼镜，一手在翻书；书桌上有书，有电脑，有台灯，有笔筒，有台历架……但是没有那些"补品"。那时的王智量在结束"无业游民"的落魄生活、去华东师范大学从教后，想必为了把过去落下的时间给抢回来，所以每晚都挑灯夜战。在短短的几年时间里，他的创作达到了巅峰状态，著译等身。显然，现在的王智量已经进入从容不迫的境界，他开始享受迟来太久的安定生活了。

小小的斗室里，最显眼的莫过于墙上挂满的绘画和书法作品了。这些作品都是王智量自己创作的。王智量出身于书香门第，从小就开始学习棋琴书画。他祖籍是江苏江宁，1928年出生于陕西汉中。他的祖父王世镗是位名闻遐迩的书法家，于右任曾称其为师，并邀其携家眷赴南京任职。他的母亲毕业于上海圣约翰大学，父亲也是那一代的知识分子，所以，他受到艺术的熏陶是极自然的事。我很喜欢他画的紫藤，疏朗大气，墨绿色的枝叶覆盖下，已经盛开的紫藤花一串串地突破羁绊，如瀑布般直泻而下，蔚为壮观。我想，王智量笔下那些紫藤如此奔放、欢腾，是不是象征着他自己苦尽甘来的生活？我环顾小小的会客室，被那份恬静安然所感染。

我挪了位子，也坐到了长沙发上。王智量看向我，一脸童稚般的灿烂笑容。那时，他刚在北京参加完中央电视台的《朗读者》节目。作为亲自到场的一位"朗读者"，王智量讲述了他历经坎坷不改初心、精益求精地翻译普希金《叶甫盖尼·奥涅金》的人生故事，深深地打动了无数的

《紫藤》

王智量做客《朗读者》

观众。在节目中，他给人留下最深的印象是他脸上孩子一般的纯真笑容，即便谈起以往的苦难时光，也满是轻松的语调。有观众赞叹说："经历过人生大喜大悲的老先生，眉目间却满是祥和与天真，就像是在痛苦中开出的花朵，因为苦难的浇灌而格外坚韧。"

王智量没有任何的刻意，他的笑容是发自内心的，这堪称天真的笑容，在他清澈眼光的升华下，显得无比灿烂。我不知道一个人究竟

要达到怎样的境界，才能在笑容里抹去所有的
悲伤和痛苦。

　　节目中有一段内容让观众很是动容，那是
王智量讲到自己母亲的时候。他当年在陕西城固
西北师范学院附中念初中，大冬天，正和同学们
在外面晒太阳，大老远看见走来一个穿得破破烂
烂的老太太，待她走近，一看竟是自己的妈妈。
他觉得很丢人，而这时刚好上课铃响了，他就跑
过去把妈妈挡住，不让她过来。寒假里他回家过
年，除夕的晚上，妈妈跟他说："明天你就要大
一岁了，你想想在过去的一年里你做过什么错事
吗？"他不以为意地摇摇头。妈妈说："我听说
你生病了，赶了七十里路到学校去看你，结果你
却拦住了我，不让我和你的同学见面，我只能再
走七十里路回家去。你是嫌我穿得破烂，给你丢
人是不是？"妈妈把他的心思一点破，他就知道
自己做错了，忙向妈妈道歉。王智量说："假如

那天妈妈不这样教育我，而我总是那么没有良心地过下去，在将来的某一天我就会变成坏人了。母亲的恩情我们永远要记得。要是对母亲不好那就不配做人了！"

王智量向我说起了一段往事。那是1960年冬天，他从甘肃陇西死里逃生，蜷曲着身子，裹着一件破皮袄，躺在火车硬座座位底下三天三夜，来到上海投奔自己的父兄。到达上海的第二天，住宅所属派出所的户籍警便登门造访。这位户籍警叫陈文俊，三十来岁，温文尔雅。王智量向他提出申报户口的问题，他详细询问后就走了。王智量及全家人都提心吊胆，认为希望渺茫，因为当时上海的户口已经严格限制，何况还是在全国大精简和大疏散的时刻，更何况他还是一个头顶"右派"帽子的人。果然，几天以后，陈警官上门来告知，上级不同意他报进户口。见王智量的母亲和他的孩子哭成一团，陈警官说，我们再想想办法吧。后来，陈警官极为细致地了解了王智量在甘肃当地的情况，包括他与同事之间的关系，当得知他所在单位的韩总编对他态度和蔼时，便建议他直接给韩总编写信，请求出具一份他与原单位已完全脱离关系的证明。但王智量却不愿再与那个单位的人打交道，不想再因此而失去尊严。陈警官见他顾虑重重，就不断地开导他，帮他出谋划策。最终，陈警官的善意打动了他。他怀着诸多的疑惧发出了一封信。没想到，那位韩总编在关键时刻帮助了他，在人事员充满恶意的"证明"发出后，韩总编追加了一份亲自撰写的实事求是的证明书。正是在好心肠的陈警官的开导、"指路"以及不懈的努力下，王智量最后得以报上了户口。

这么多年过去了，王智量说起陈警官还是满怀敬意。王智量心有戚戚地说，陈警官现在已经去世了，自己很想再对他说一声感谢。现在我明白了，只有当一个人心怀感恩的时候，他才会笑得如此灿烂，才会从过去的苦难中提炼和萃取幸福，从而让生活真正归于平静。

在《朗读者》节目中，王智量回忆说，1958年他被迫离开中国科学院文学研究所，发配到河北平山县劳动改造。临行前，所长何其芳正巧在厕所里和他相遇，意味深长地用四川话鼓励他："《叶普盖尼·奥涅金》，你一定要翻译完咯！"其实，这里还有一个小细节——王智量告诉我，何其芳在跟他说这句话前，先走到门口探头看了看外面，确定没有其他人后才跟他这么说的。一方面是受到何其芳的鼓励，另一方面是遵从自己内心的渴望，收拾行李时，王智量将之前已经扔掉的那本俄语版的《叶普盖尼·奥涅金》重新塞入了背包。他说："我太爱这本书了，为它吃什么样的苦都值得。"

从翻译到出版《叶普盖尼·奥涅金》，历时

近三十载，在这漫长的岁月里，王智量历经曲折起伏，饱尝世事冷暖，但他始终没有放下手中的笔，坚持到了最后。他微笑着说："翻译既是我苦难的源头，也是我生活下去的力量，最终引领我走上通往幸福的道路。"这是王智量对他翻译生涯的总结。在我看来，这句话同样充满了他对翻译事业的感恩，对从《叶普盖尼·奥涅金》等伟大的文学作品中获取的温暖和力量的感恩，并

俄文版《叶普盖尼·奥涅金》

因感恩而平和安详。

　　晚年的王智量过得很是自得其乐。虽然家住四楼，但他常常会下楼去散步，有一阵甚至一天里要下楼两三回。他还像个孩子一样，央求吴妹娟出门上超市、买菜时都带上他。他跟在她后面，满是欢欣，一脸幸福。他向我"抱怨"，最近吴老师受了伤，所以出门时因不方便就不带他了。他希望她早早好起来，外出时继续带上他。吴妹娟听后笑着说，哪有不带上他的。她掰着指头数起近期与王智量一起外出散步、看戏、听音乐会的次数；当然，王智量上《朗读者》节目，也是她陪同去的。

　　吴妹娟真是个了不起的人，王智量能够遇到她乃人生之大幸。吴妹娟是王智量的第二任妻子，他们是1981年结的婚。吴妹娟系理工科出身，是科学院的工程师。现在我知道她给王智量配伍的那二十多种"补品"是多么靠谱，因为她可以一一说出它们的化学结构和成分——她告诉我，她是做过化学分析工作的。吴妹娟简直就是个"女汉子"，用她自己的话说，"男人该干的活我全包了"。坏了的电灯泡由她更换，连家里的电视机、洗衣机、自行车坏了，都是她一手修理的。别看吴妹娟风风火火，气场强大，却也是一个地地道道的"文艺青年"。她热爱文学艺术，对文艺作品有自己独到的见解，所以，她既是王智量的生活伴侣，也是王智量最为得力的工作助手。那年，上海译文出版社邀约王智量翻译狄更斯晚年最重要的作品《我们共同的朋友》。王智量白天上完课就对着录音机进行口译，吴妹娟则在下班后，一边听录音，一边做记录，再交由王智量修改订正，一部八十万字的长篇小说就这样在两人的合作下完成了翻译。

说起来，吴妹娟年龄也大了，但她依然辛劳地操持着家务，不想让王智量在这方面操心。我跟吴妹娟交谈的时候，王智量静静地坐在一旁听着，眼里流露出满满的温柔。我想，几十年的相濡以沫，一定让王智量感受到人生的满足。历经大风大浪，他在这份平和的感情里找到了自己的幸福和归宿。因此，在《朗读者》节目里，他将自己的朗读献给母亲，也献给了妻子——这是他生命中赋予他精神支撑的两位女性。

　　王智量对安谧的生活很是满意，他说："我

王智量与作者

尽管受过苦，但是我后来很幸福。我有一个非常好的妻子，儿女也都事业有成。我现在不愁吃，不愁穿，还有每月一万多块钱的退休金，这还不好吗？"一个在二十年间受尽身心折磨，在大西北的荒漠开垦过土地、在黄浦江畔扛过木头的人，在人生向晚时分，对幸福和安宁生活的理解与浸沉是令人感动的。

王智量比任何时候都更看重淡泊，而这份淡泊又扩展了他的幸福感，也使他更加从容和自在。吴妹娟透露说，在参加《朗读者》录制时，工作人员曾要求王智量按他们说的上下舞台，但他没有接受，还是按自己的想法"自在为之"。

交谈间，吴妹娟说她要外出一趟。原来，这些天，为了给受伤的母亲减轻一点劳累，吴妹娟的女儿接过了为王智量煲营养汤的活计，而且还每每自己送过来自己取走。吴妹娟说，这样会累着女儿的，所以还是她把汤锅送回去吧。王智量一听，笑着说："那你赶快去吧，这次我就不跟着你啦。"说着，他随手拿起了那本已经被他翻烂了的俄语版《叶普盖尼·奥涅金》，他说这成了他的日记本了。

我跟王智量提议道："您想不想在音频平台上录个朗读节目？"他听后摇了摇头。我明白了，现在对于他来说，健康第一，自在第一，其他都不重要。而这也是他的淡泊吧。但我还是想做一件事，那就是将他翻译的《叶甫盖尼·奥涅金》做成一本精装典藏版出版，让更多的人随着他一起朗读。

王智量这回答应了。于是，在我的牵线下，草鹭文化和华文出版社合作，共同打造了一本不同凡响的《叶甫盖尼·奥涅金》。这本书除了漆布封面、书口丝印鎏金，还收录了六十五张版画插图。这些插图是俄罗斯画家莫斯塔拉夫·多布日茨基为纪念普希金逝世一百

王智量译《叶甫盖尼·奥涅金》（典藏版）

周年而专门创作的。而我觉得最为难得的是，
出版方制作了一张王智量的手迹卡，选用的正
是他曾经想扔掉但后来伴随了他一生的俄文
版《叶甫盖尼·奥涅金》扉页上的记注："智
量四九年春购于哈尔滨秋林，五二年北京读，
背。"王智量从翻译到出版《叶普盖尼·奥涅
金》经过了多少风风雨雨，在这张手迹卡里，
读者可以抚摸到那漫长的岁月。

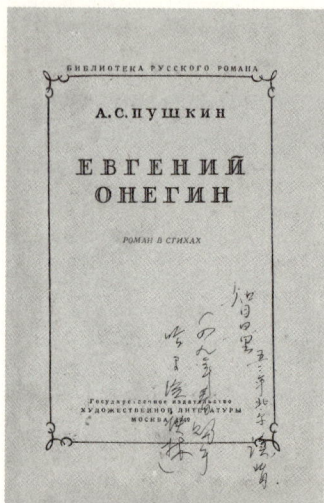

王智量的俄文版
《叶甫盖尼·奥涅金》扉页

遗憾的是，王智量没能在生前看到这本书的出版。他去世后，八十多岁的吴妹娟抹去泪水，在上海福寿园为他找到了一块合适的墓地。吴妹娟告诉我，她决定到时候把典藏版《叶普盖尼·奥涅金》放进墓里，永远与王智量相伴。

2023年5月17日，我和草鹭文化的责任编辑董熙良带着刚刚印出的典藏版《叶普盖尼·奥涅金》，一起去拜访吴妹娟。我坐在那间小会客室里，想起昔日与王智量在长沙发上促膝聊天的场景，顿觉孤单，但也感到一种特别绵长的温暖。我去了王智量原先的书房，那里有一排装有玻璃门的书橱，最底下的一层放满了王智量的著作和译作。书橱前放了一张镶有镜框的王智量的相片，他的眼神平和而安详。相片两侧各有一块奖牌，左侧是"2018年第四届上海市民诗歌节杰出贡献奖"，右侧则是他在2019年11月获得的中国翻译界最高奖项"翻译文化终身成就奖"。相片旁边，还有一个晶莹剔透的玻璃杯，里面放着王智量的那副假牙。

吴妹娟捧出一个小盒子，并打开，我看到了一枚十分精致的"生命晶石"，这是用王智量的骨灰制成的。吴妹娟对我说，以后会埋到他母亲的坟地里，让他跟母亲团聚，以了却他的心愿。

落葬那天，吴妹娟将那本雅致的《叶普盖

尼·奥涅金》置入了王智量的墓里，一同放进去的还有他生前所戴的眼镜。

那一刻，原本倾泻如注的大雨瞬间停歇了。

这让我不由得想到王智量曾对我说过的话："要相信，再大的风雨也有止住的时候。"

他说这话时，声音清朗，面带微笑，好一个"朗读者"的模样。

王智量的翻译文化终身成就奖奖牌

"同事" 黄允

　　黄允老师一直称我是她的同事。其实，虽然我们在同一个单位——上海电视台，但在工作上并没有交集，不过，能被黄允认作"同事"，我很高兴。

　　我记得非常清晰，第一次与黄允正式交流是在1998年11月，因为那时作为记者的我刚刚被调到影视剧采访条线，而我的第一个采访对象就是黄允。当时，由黄允编剧的电视剧《罪犯与女儿》开播在即，在正式播出前，她带着片子去上海市提篮桥监狱试映。得知消息后，我与她联

黄允

系，她不仅同意让我和她一起去，还特意帮我向狱方提出采访剧中女主角原型的要求。原来，为了拍摄这部电视剧，黄允在提篮桥监狱里生活了很长时间。经狱警介绍，她结识了一个因诈骗罪而被判处死缓的女囚。面对真诚的黄允，女囚声泪俱下地讲述了因犯罪导致女儿自杀从而给自己带来的巨大痛苦。

那时候，观众总是等着由黄允担任编剧的电视剧播出，只要是她编剧的电视剧没有一部不

爆红的，所以她被业界称作"只只响"。由她编
剧的长篇电视连续剧《上海一家人》是中国电视
剧的经典之作，1992年首播时可谓万人空巷。
三十多年来，电视台常常重播此剧，收视率依然
稳稳高挂，真是不可思议的奇迹。如今，剧本的
手稿已被中国现代文学馆收藏。2009年，中华
人民共和国成立六十周年时，她被授予中国电视
剧飞天奖"60年杰出贡献奖"，2017年则被授予

电视剧《上海一家人》剧照

"中国电视剧四十年杰出贡献奖",实至名归。确实,黄允是中国电视剧发展的参与者和见证者,是撑起二十世纪八九十年代中国电视剧盛世的关键人物,功不可没。

我第一次观看的黄允的电视剧其实是她的第一部剧作,让我震撼不已,觉得她是一个了不起的人。

1979年6月初,黄允读到张志新的事迹后,热血沸腾,一种不能遏制的写作冲动在心里涌动,她要把这样为真理而献身的烈士写出来,让广大观众在电视荧屏上看到烈士的光辉形象。但是,如此敏感的题材,风险实在太大了。可黄允不管不顾地奔赴沈阳,冲破重重障碍,查阅了当时的审讯笔录,走访了关押她的小屋和她就义的刑场。当亲眼看到张志新用手纸制作、用刮下来的油漆染红的小红花时,她泪流满面。"张志新连死都不怕,我还怕什么?"黄允这样鼓励自己，她相信张志新的事迹终将促进历史的进步。

电视剧《永不凋谢的红花》播出后，一石激起千层浪，社会反响巨大，观众都被这位英勇无畏的烈士深深打动了。这部电视剧除了本身所蕴含的能量，还展现了文艺工作者站在思想解放运动前列的精神风貌。后来，黄允这样跟我说：

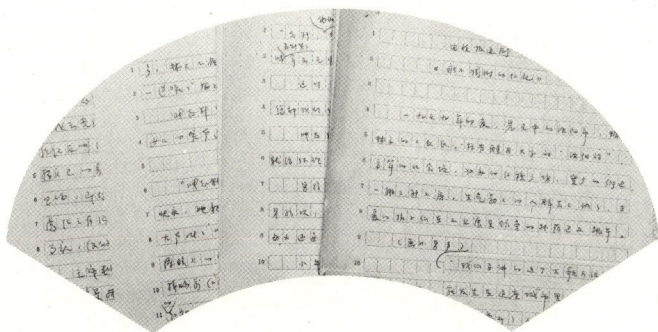

《永不凋谢的红花》手稿

"这是我的第一部电视剧剧作。我被张志新为捍卫真理勇于献身的精神所撼动，那一个个不眠之夜，我至今难忘。张志新是位英雄，但我想把她塑造得更加有血有肉、有情有义，她既是英雄，还是一个妻子、一个母亲。这部电视剧引发了轰动效应，被认为是思想解放运动中电视剧界的一声呐喊。而对于我来说，这是我生命中思维最活跃、精神最解放的时候，有一种激情需要释放和喷涌。"

我认为，黄允以这样一部冲破思想樊笼、突破创作禁锢的剧作开始自己的电视剧创作，是与她自己的人生经历相吻合的。

黄允是位"老革命"，她十五岁就加入了中国共产党。那时，她在南通女子师范学校读书，虽然年少，但看书读报使她眼界开阔，对时政也很关心。目睹当局的腐败，她思考着如何改变这个国家。正是这样一种动力，使她走上了革命道路。个子娇小的黄允不是那种振臂一呼、应者云集的学生领袖式的人物，她"润物细无声"地在学生中悄悄地宣传革命思想，成了一名优秀的中共地下工作者。中华人民共和国成立后，黄允被调到南通新华广播电台工作，这一年她还未满十七岁。就是在那里，她遇见了自己的终身伴侣何允。不久，两人一起被调往上海人民广播电台，后来共同参与了上海电视台的筹建。

2009年，我接受上海文联的邀约，创作人物传记《人生况味尽如剧——黄允》。她很信任我，可以说是有问必答，言无不尽。在整个采写过程中，我与她走得更近了。那时候，我也开始从事影视剧创作，所以，黄允跟我说："现在我们真的是同事了。"

我和黄允成了"忘年交"，我们真的特别谈得来。我每次去她家，她总会准备好我喜欢吃的猕猴桃，她特别细心，先用小刀一剖为二，

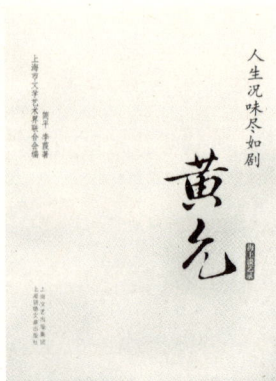

《人生况味尽如剧——黄允》

然后教我用小匙挖着吃，既文雅，还不浪费，最后只剩一张薄皮。我去的时候，她的先生何允总会从自己的屋子里走出来，和蔼可亲地与我打招呼，不过，很快又回到屋里。黄允笑着说："何允也是你的同事，我们都是一个局的呀。"说起来，何允是中国广播电视技术发展的功臣，担任过上海广播事业局总工程师，曾参与东方明珠广播电视塔的选址和工艺方案的起草，在全国首创有线电视光纤传输网络。听说他还是一位天文爱好者，让我好奇的是，莫非他的屋子里架有天文望远镜？

我与黄允有许多共同的话题。

聊起文学创作，黄允说她上小学时就做起了作家梦，看到作文本上老师赞扬的评语，感觉自己爱上了写作。她虽然长年在电视台做编辑，却一直没有机会从事文学创作。那时，电视机尚未普及，电视剧产量极少，1978年一年全国统共才生产了八部电视剧。改革开放后，中国电视事业蓬勃发展，电视剧也迅速崛起，这给黄允带来了良机。她很诚恳地对我说："我这一生能和自己热爱的电视剧结缘很幸运，可那时我已过不惑之年，所以只能更加勤奋。"凭着这样的精神，《你是共产党员吗？》《家事》《故土》《结婚一年间》《离婚前后》《深深的大草甸》《亲属》《上海一家人》《若男和她的儿女们》……黄允的作品一部接着一部问世。因为扣准了时代脉搏，她的很多作品都既获国家奖项，又获观众好口碑，还创造了多项"第一"。比如，当中央电视台正在筹拍中国第一部电视连续剧《敌营十八年》时，黄允则与另外两位剧作家合作，创作、拍摄了上海电视台的第一部电视连续剧《流逝的岁月》。

　　黄允的电视剧剧作多以女性为主体，而且大多从家庭来辐射社会。这与她自己的经历不无关系。1932年11月，她出生于南通一个医生家庭，可她一出生，父母便失望地叹了口气。黄允是家里第四个孩子、第三个女儿，他们原本是希望再生个男孩的。长得瘦瘦弱弱的黄允就是一只丑小鸭，时常受到歧视。这时她就会在心里默默发誓：我长大了一定不会比男孩差。重男轻女的环境难以忍受，因此她十几岁就独自离家，开始了一个人的闯荡。这样的人生背景使她对女性的命运、心灵、价值观和幸福观都特别敏感和关

《黄允电视剧作选》

注。她说："我非常欣赏女性的人性美，总感觉女人比男人更坚韧，更具有献身精神。女人可以为家庭、为孩子、为爱情全身心地付出，而男人却往往是有条件的。女人的心灵更为细腻、丰富、敏感、善良，这个世界因为有了女人才更加美丽、温馨。"

由于我也从事电视剧创作，因而常向黄允取经："作为一个剧作家，最难的就是突破自己，您是如何做到超越自己的呢？"对于我这个同事，黄允格外认真，有一天，她专门打电话跟我说："你的问题我想过了，就用一个词来回答吧——空间。我有三个层次的生活空间。内层是心灵，是自我，它比较孤独，但能让我静思。第二层是家庭，它给予我平和、宽容，是温暖的避风港；同时，家庭中的每个人都有自己的个人空间，应该彼此相互尊重，更应付出真爱和关心。第三层是朋友，通过他们，我可以拓宽自己对生活的认识和理解，从而使心灵不断保持成长的年轻的状态。至于说到作品的超越，我觉得最根本的是思考，这种思考是跟随时代变化的，更是站在时代前沿的。只有这样的思考，才会使作品有思想的价值，有思想的力度，这是文学作品真正有生命力的地方。"在放下电话前，黄允忽然又追加了一句，"记住，用实力、用作品来证明自己，不要卷入无谓的人事纷争中去。有些人为此虚掷一生，太可惜了。"

有一次，她郑重其事地对我说："因为你是同事，所以我想拜托你一件事。"她拿出一沓打印稿来，那是她在1999年写的一个长篇电视连续剧的剧本，名叫《忽然做了都市人》（又名《浦东一家人》）。她很坦诚地告诉我，其实在创作上她也有比较大的遗憾，那就是这部剧作一直没能投拍。她说："我受上海浦东开发开放巨大成就的鼓舞，开始撰写这个剧本。为了创作，我从1998年6月起就去浦东生活。剧本通过浦东菜农蔡阿根一家人六年多的变化，勾勒浦东开发开放初期的一个侧面，展现大变革时代的浦东风貌。剧本完成后，我与上海一家影视公司签订了合同，但因经费问题迟迟未能拍摄，后来连这家公司都撤销了。你现在也是制片人了，我想请你看看这个剧本，听听你的意见和建议。"我感到这是前辈对一位小"同事"的庄重嘱托，就跟她说我会竭尽全力。黄允看着我说:"但有一点我得事先说明,在艺术上我是有坚守有追求的,如果让我在艺术上做出牺牲,那我宁愿不拍,虽然会有遗憾,但人生总有取舍。"

2016年9月,与她相濡以沫六十多年的先生何允离世,黄允有很长一段时间无法从悲伤中走出来。她会长时间地待在何允的屋子里。我去看望她时,她喃喃地说,何允自打离休后,就一头钻进了星空,每天观望浩瀚星海。我也不由得想起每次看见他走回屋子时那高大的背影,那时我就想,一个瞭望星空的人有着怎样的眼界和胸怀啊。让黄允感到宽慰的是,国际天文学联合会将2006年发现的一颗小行星命名为"何允星",以表彰他在专业领域的突出贡献以及对天文事业的支持。黄允对我说:"我知道,天上有一颗星星在注视着我。"

我觉得黄允就像她写的电视剧《上海一家

黄允与作者

人》里的若男，有着一种坚韧的品质。鉴于她一个人生活，远在法国的女儿放心不下，要给她请一个住家保姆，她坚决不肯，说自己能走路，能吃饭，哪里需要别人照顾。她坚持每天都下楼散步，步子还迈得很大。我笑着问她，年轻时是否有过走路的训练？她说当然有啦。于是，黄允给我讲述了一桩往事。

那是1975年冬天，黄允参加了上海慰问团，并随团前往东北考察知青生活。她去了吉林双辽的一个知青点。冬天的时候，那里天寒地冻，风沙肆虐，走在外面，经常连眼睛也睁不开。可为了工作，黄允时常要走上很多路，她觉得这就是"练好铁脚板"的机会。

当时生产队里不全是上海知青，有一半是在少年教养所里待过的小年轻，这样的配比被称为"掺沙子"。黄允并不歧视他们，她觉得他们也是人，和其他知青并没有什么差别，只是少年时做了错事，但同样应该得到关照。黄允对他们一视同仁，所以他们也愿意与她亲近。

一次，黄允接到任务，要去县城开会，可从住地得走四十里地，然后再乘火车才能到达县城。恰恰那天沙尘暴很大，两米开外就看不清了。黄允决定冒着沙尘暴，徒步去走荒无人烟的四十里地。就在这时，两个从少教所出来的小年轻对她说："我们踩脚踏车载侬去！"黄允一愣，她曾听说他们特别捣蛋，曾半夜里偷偷地把慰问团炕下的柴火抽掉，让慰问团的几个成员冻得半死。黄允没有想到他们会主动站出来帮她。可四十里地，这么大的风沙，地上又是黄沙，自行车怎么骑呢？要是后座上带个人就更难了。

两个小年轻见她犹豫，粗声粗气地说："信不过我们，拉倒！"

黄允心想，如果拒绝，以后彼此就再不能互相信任了。于是，她爽快地说："好吧，那就辛苦你们了！"

两个小年轻各自推了一辆自行车出来。沙尘暴下的四十里沙地比想象的还要难走。在沙地里骑车阻力很大，每前进一步都要费好大的劲。不一会儿，轮流载着她的两个人都大汗淋漓，骑出不到五里，就脱下了大衣，接着又脱下棉袄，再脱下卫生衫，最后，就穿着单衣骑行了。

坐在自行车后座上的黄允，内心很不安，也很感动。

终于来到了火车站。黄允看了一眼四周，车站边商店里的食品货架空空如也，倒是有一家热气腾腾的小茶馆。黄允拉着他们进去，拿出压缩饼干，让他们就着茶吃，算是填了些肚子。想到过会儿他们还要冒着沙尘暴骑四十里地归队，黄允心中充满了感激，更加相信人是可以改变的。

黄允在慰问团时，见知青们伙食很差，顿顿都是粗粗的玉米饼，就蘸点酱吃，菜都没有，很心疼这些远离父母千里之外的孩子，所以，她对知青队长小李说："现在地里长不出菜来，能不能养点鸡，到了春天就有鸡蛋吃了。"

小李说："我们养过啊，鸡还一点点大，就全被队里那些捣蛋鬼偷吃了。"

黄允想了一下说："我去买一窝鸡，就跟他们说是我养的。"黄允拿出钱来，让小李去买了三十只小鸡，放在队里散养。

　　半年后，黄允在上海收到小李的来信，信里说："你的那些鸡一只也没有被偷，现在全队近二十人，每人每天都能吃上鸡蛋了。"

　　黄允把信反反复复地读了几遍，开心地笑了。

　　当然，黄允后来把她经历过的许多故事写进了电视剧的剧本里。

　　2020年春节前夕，我提前去给黄允拜年，除了她喜欢的鲜花，我还送了她一条鲜红的围巾。她看后兴高采烈地说："真就是红红火火啦!"那天，应我的要求，她还用毛笔写了一幅字，运笔非常有力。可几个月后，她因身体不适住进了上海市第六人民医院。由于疫情，探视非常不易。那次，我特意去做了连续两天的核酸检测，随后便去"闯关"，结果被拦在病区门口，还受到了"训斥"。好在我和黄允"配合默契"，最后我"闯关"成功。那时，她坐在轮椅上，候在门口，机警地听着外面的动静。见我终

黄允与作者交谈

于进入了病房，她用剧作家的口吻笑道："情节
蛮生动的。"她穿着宽大的病号服，人显得更瘦
小了，但她精神很好。我跟她说了一些她所牵挂
的作家、艺术家朋友的情况，她边听边点头，还
鼓励我多多创作，不要辜负了自己的才华。我
想，那也是她从自己的人生中得到的感悟吧。

2022年，我听到传言说黄允得了阿尔茨海默病，我才不信呢。因为还是进不了病房，10月8日那天，我用她护工的手机与她通了电话。她立刻听出了我的声音，还清楚地回答了我的一个个提问，如同多年前为了写作她的传记时我与她的一问一答。在聊完她的病房生活和治疗方面的事情后，她忽然向我求证一个数据："现在，中国电视剧的年产量是不是已经达到了近两百部？"我立刻打开电脑搜索，并告知她："据国家广电总局统计，2021年全国制作发行电视剧一百九十四部、六千七百三十六集。"她听后感叹道："这么多啊，真好！"一个九十岁的老人思维如此清晰，哪有什么问题。不过，我想以后得多与她交流，也算是让她多做"脑保健操"吧。

本来，我准备2023年春节里再去医院看望黄允的。她女儿也跟我说，打算那年夏天回国，好好陪陪母亲。黄允很开心，还跟女儿说，到时

候一定要约上我一起聊天，她说每次和我聊天，
她都感觉到很快乐，很提精神。

可是，这一切都无法实现了。黄允发了十
来天高烧后，终因肺部感染导致呼吸衰竭，在
2023年1月6日下午永远地离开了人世。

我得知消息后，无语凝噎，独坐窗前，哀痛
于心。

傍晚的时候，上海电视艺术家协会让我看一
下他们拟就的纪念文字，当晚要发布在上海文联
的微信公众号上。我逐字逐句地读着，许多往事
像长篇电视连续剧一样在我的脑海里一幕幕地铺
展开来。

接着，上海文联决定在《上海采风》杂志
上重新刊登我与黄允在2009年所做的访谈。于
是，我又重新回到那年仲夏，与黄允就她的人生
与艺术进行长谈。确实，我跟黄允都觉着这次的
长谈很深入，很有意思，她整理了她的过往和思

考，而我则得以更加全面、深刻地认识了我的这位师长，这位"同事"。其实，我们后来的聊天经常还是围绕这些话题——这真的是永恒的话题了，对于长长的人生，对于永无止境的艺术。

在那期杂志上，我写了一段引言："编辑部将那次我与黄老师的长谈刊载于此，以这样的方式来纪念她，怀念她，我觉得黄老师若九泉有知，一定会很高兴的。那么，我们就一起开始聊天吧。"

后　记

得知散文集《似是故人来》即将付梓出版，我特别欣慰，因为对我而言这是一本特别的书。

2020年底，上海《解放日报》专副刊部主任伍斌约我来年在该报的文艺副刊《朝花》上开设一个专栏，他连栏目名都想好了，叫"似是故人来"。他说，就写写那些故去的文化人吧，跟读者说说你与他们交往中的点滴故事。我当即答应了，因为的确有那么一些我曾与之来往过的文化人，他们虽已离世，但却一直留在我的记忆中，就像《开栏的话》里所说的："他们不只来过这个世界，还用卓越的文学艺术影响了这个世界。因此，他们即便离开了，还是与这个世界同在。"确实，他们非但为国家和民族的文化事业做出过杰出的贡献，更有着当今相当稀缺的高贵精神和独立人格，他们是真正意义上的文化人。

于是，徐中玉、赵长天、流沙河、程乃珊、周有光……这些文化大家一个个重又浮现在我眼前，音容笑貌依旧真切，历历往事犹然清晰。我写得很慢，每一个字都是在长长的思念和思考中写

下的。我觉得这样的写作让我得以重新
认识他们，认识历史，认识生活，认识
裹挟在时代中的人的命运，重新观照一
个人所具有的独立思想、独特个性、独
有经历的意义和价值。本来我只计划写
八位已故去多年的前辈大家的，没有想
到的是，随着斗转星移，更有疫情的不
测风云，不断地有人离世，这使原先计
划中的名单拉长了，这让我心情格外沉
重。有一天，我跟伍斌说，这个专栏我
无法再写下去了。

　　但我确实珍惜这些文字，正是借
此我再次与文化大家们相遇，与他们对
话，而他们的学识、他们的人品、他们
的精神永远是照亮我前行的灯塔。因

此，山东教育出版社能惠予我结集出版的机会，我非常感动，也非常感激。我希望这些文字能以一本书的形式集中而完整地留存下来，也希望它们能被更多的人读到。

趁着结集成书，我对已刊出过的几篇做了很大篇幅的补充和修改，更有几篇是新写的，系首次发表。在这个过程中，我又一次走近这些文化大家，重温他们的教诲，从他们的非凡人生中汲取生活的智慧、勇气和力量。这不仅是我个人对他们的怀念，也是我对时代的一份记忆，对文化的一种传承吧。

谢谢最先提议的伍斌，谢谢《朝花》主编黄玮，谢谢山东教育出版社

及其编辑，谢谢在我写作过程中向我
提供各种帮助的各位师友，谢谢所有
的读者。

　　在此，也向我笔下的文化大家、良
师益友，再次表达我的思念和敬意。

简　平

2024年农历八月十五日中秋节

似水年华

书里的

即刻扫码

在平凡故事里
汲取文化力量

阅览作者影像

跟随采访视频，
了解作者事迹。

感受思想共振

走进作者创作，
领略思想内涵。

追寻文学记忆

阅读名家作品，
感受文学魅力。

探访名人故事

回忆故人生平，
结识文化大家。